덕였다. 엄마가 옆에서 눈을 감고 성호를 그었다. 시도 때도 없는 기도.

"포도막이 어딘데? 엄마한테 설명해 주라."

진료실 문을 닫고 나오자 엄마가 물었다. 스카프에 뿌린 향수의 잔향이 느껴졌다.

"눈을 감싸는 얇은 막."

나는 무뚝뚝하게 말했다. 엄마는 앞으로 어떡하면 좋으냐고 끊임없이 중얼거렸다. 원내 약국에 대기표를 뽑고 나서 핸드폰으로 포도막염에 대해 검색했다. 주된 원인은 피로.

내 번호가 불리자 엄마가 뛰어서 약사 앞으로 갔다.

"배유리 보호자입니다. 안대까지 해야 합니까? 실은 유리가 5년 전에 오른쪽 각막을 이식받았습니다. 왼쪽 눈만 자기 눈인데 그걸 가리면……."

"그만해, 좀."

나는 조제약과 안대가 담긴 봉투를 낚아채며 말했다. 약사가 나와 엄마를 번갈아 가며 보았다. 나는 등을 돌리고 출입구 쪽으로 걸어갔다. 뒤따라오는 엄마의 낮은 굽

눈송이

"이식받은 눈은 정상입니다. 문제는 왼쪽 눈이네요."

의사 선생님이 눈 CT 사진을 가리키며 말했다. 엄마가 못마땅한 얼굴로 한숨을 내쉬었다. 신체의 다른 장기 촬영 사진과 달리 눈(目)은 정말 눈(雪)처럼 생겼다. 대기 중의 한기가 적운을 만나 지상으로 내려보내는 결정체.

"포도막 쪽에 염증이 생긴 것 같아요. 눈이 내리는 것처럼 보이는 증상도 포도막에 염증이 생겨서 그런 거고요. 유리, 포도막이 뭔지 알지?"

머리를 한 갈래로 묶은 의사 선생님이 눈을 찡긋거렸다. 5년 동안 내 눈을 진찰한 선생님은 내 장래 희망이 의사인 것도 알고 있었다. 나는 CT 사진을 보며 고개를 끄

것처럼 눈이 그쳐 있었다. 흰 바람 속에서 응급외상센터의 간판만이 선명했다.

"눈송이다."

그런데 그 눈송이만이 내 눈을 떠나지 않고 있었다. 시간이 흘러도 여덟 살에 멈춰 있는 내 동생처럼.

"바보."

나는 사라지지 않는 눈송이에게 이름을 붙여 주었다. 이윽고 눈송이는 눈 속으로 들어갔다. 시야가 반짝였다. 더는 눈을 뜨고 있을 수 없었다.

프롤로그

나의 16년 인생에서 가장 많은 눈이 내렸다. 흐린 하늘을 머금은 듯 탁한 눈이었다. 병원 앞으로 줄지어 선 자동차와 휠체어 위로도 눈이 내렸다. 회전문을 통과하는 사람들의 어깨를 바라보다 어떤 눈송이와 눈이 마주쳤다. 그 눈송이는 분명 다른 것들과 달랐다. 조금 더 투명하고, 조금 더 느렸다. 나는 눈송이를 쫓아갔다.

"유리야!"

내 이름을 부르는 목소리가 들렸다. 양손에 기저귀를 든 아빠였다. 아빠는 환자들 틈에서 내게로 한 발자국도 움직이지 않았다. 그 기저귀가 아빠의 무게라도 되는 듯.

나는 회전문을 밀고 밖으로 나갔다. 누군가 소등을 한

차

례

프롤로그 · 007

1부
미지수 · 009

2부
경우의 수 · 047

3부
너에게로 가는 가속도 · 115

4부
스파클 · 199

작가의 말 · 242

창비

스파클

스파클

초판 1쇄 발행 • 2025년 9월 24일

지은이 • 최현진
펴낸이 • 염종선
책임편집 • 구본슬
조판 • 박아경
펴낸곳 • (주)창비
등록 • 1986년 8월 5일 제85호
주소 • 10881 경기도 파주시 회동길 184
전화 • 031-955-3333
팩스 • 영업 031-955-3399 편집 031-955-3400
홈페이지 • www.changbi.com
전자우편 • ya@changbi.com

ⓒ 최현진 2025
ISBN 978-89-364-3471-7 03810

* 이 책 내용의 전부 또는 일부를 재사용하려면
  반드시 저작권자와 창비 양측의 동의를 받아야 합니다.
* 책값은 뒤표지에 표시되어 있습니다.

소리가 벅찼다.

"방학도 했는데. 그냥 가게?"

나는 병원의 유리벽 앞에 멈춰 섰다. 엄마의 말 때문은 아니었다. 실내에 있다가 밖을 보는 순간, 눈송이가 오른쪽 눈 앞에서 다시 어른거렸기 때문이다.

"엄마 새벽에 한국 도착해서 너 보러 온 건데."

나는 곁눈으로 엄마의 얼굴을 살폈다. 핀에서 흘러나온 머리카락, 반쯤 지워진 화장, 밤을 새워 충혈된 눈동자, 코트 속 유니폼 깃에 비행 거리만큼 주름이 져 있었다.

"특강 있어."

나는 유리벽 바깥을 향해 걸어가며 말했다. 왼쪽 눈의 시야가 점차 환해지고 있었다. 유리에 반사된 빛이 모든 걸 집어삼킬 듯 눈부셨다. 빛의 양을 조절하는 포도막에 염증이 생겨서 '비주얼 스노우' 현상이 시작된 것이다.

"특강? 학원에서 연락 못 받았는데?"

엄마가 나를 잡아끌고 물었다. 최근에 '예비 고1 의대 중점반' 테스트에서 최하위를 기록했는데, 연락이 안 갔을 리가.

"비행 중이라서 못 봤나 보지."

"카톡은 확인할 수 있는데."

엄마는 말끝마다 '데'를 붙이는 게 습관이다. 하지만 낯선 사람과 대화할 때는 여지없이 승무원 말투다.

"아빠한테로 연락 갔나 보지."

"아아, 그래, 그랬나 보구나."

당황한 엄마가 머리를 매만졌다.

엄마랑 아빠는 얼마 전에 이혼했다. 사고 이후, 일을 그만두고 전업 간병인의 길을 걷는 아빠와 반대로 엄마는 더 열심히 비행을 나갔다. 엄마와 아빠는 내가 보는 앞에서 한 번도 싸운 적 없었는데, 헤어지기로 했다고 나에게 따로 와서 이야기해 줬다.

중2에게 부모님의 이혼은 큰 사건이었지만 나와 동생에게 일어난 사고만큼은 아니었다. 아빠는 계속 동생을 돌보았고, 엄마는 나를 두고 비행을 갔다. 바뀐 환경에서 내가 견딜 수 없었던 것은 하나였다.

"그리고 엄마, 부탁할 게 있어."

"뭔데?"

엄마가 핸드폰으로 학원까지 나를 태워다 줄 택시를 부르면서 답했다. 나는 가방에서 생수를 꺼내 조제받은 약과 함께 왈칵 삼켰다.

"할머니. 내 방에 못 들어오게 해 줘. 엄마한테는 엑스 시어머니일 뿐이잖아. 나한테는 용의자 엑스라고."

엄마는 핸드폰을 보다 말고 멈췄다. 그러다 나를 병원 출입문 앞으로 데려다주며 해결할 테니 걱정하지 말라고 말했다.

"영이가 매일 널 기다리는데……. 이번 크리스마스에는 가 볼 거지?"

엄마가 눈치를 보며 말했다. 바보, 영은 말을 할 수 없는데.

나는 들리지 않은 척 왼쪽 눈에 안대를 붙이고 간다고 인사했다. 회전문에 가까워지자 안대로 가린 왼쪽 눈이 시큰거렸다. 찬 공기가 나를 에워쌌다. 나는 눈을 감았다 다시 떴다. 절반가량의 세상이 오른쪽 눈을 통해 들어왔다. 눈송이는 여전히 거기에 있었다.

미지수 x

 칠판에 미지수 x의 제곱근을 구하는 문제가 나열됐다. 이차방정식은 지난 겨울 방학에 진도를 뺐지만 최하위 반인 나는 기초부터 다시 배우게 되었다. 왼쪽 눈을 가려도 칠판을 보는 데는 큰 문제가 없었다.

 "너희들은 기호가 어떤 의미인지부터 알아야 한다."

 소문대로 최하위 반을 가르치는 강사는 빈틈이 없어 보였다. 그는 우리가 고등학생이 되기 전에 초심으로 돌아가야 한다며, 제곱근의 기호를 그렸다. 이 반에 앉아 있는 아홉 명 중에서 루트를 모르는 사람은 없겠지만 샤프심이 문제집 위를 지나는 소리가 서슬했다. 나도 문제집 여백에 샤프로 루트를 그렸다. 루트, 제곱근. 루트, 다른 말로 방법이나 경로.

"x도 마찬가지야. 미지수는 말 그대로 '아직 값을 모르는 수'라는 거다. 그걸 모르는 사람은 없겠지. 하지만 앞으로는 더 명료하게 간다. x는 자기가 구하려고 하는 수다."

나는 루트 옆에 엑스를 그렸다. 엑스, 미지수. 엑스, 내가 구하려고 하는 수.

"즉 x는 본인이 반드시 구해야만 하는 문제라는 거다."

나는 필기를 멈추었다. x 옆에 눈송이가 나타났기 때문이었다. 단 한 개의 결정체였다. 머릿속이 아득해시면서 오른쪽 눈꺼풀이 감겼다.

❄

5년 전 겨울, 동생과 나는 할머니 집에 있었다. 남들 다 놀 때 근무해야 하는 직업 특성상 부모님은 연휴에도 우리와 함께 있을 수 없었다. 애니메이션이 끝나 갈 무렵 동생은 케이크가 먹고 싶다고 졸랐고 '아들 손자'가 똥을 싸도 박수를 치는 할머니는 불편한 다리로 빵집에 갔다.

"동생 잘 보라."

그 말 때문이었는지 아니면 할머니가 나가자마자 온 부엌을 휘저으며 소금이며 설탕을 찍어 먹는 동생 때문이었는지 몰라도 나는 속이 끓었다. 할머니가 사 온 케이크를 먹지 않으리라 다짐했다. 하지만 결심과는 상관없이 배가 고파 왔다. 그때 찬장 문을 열고 앉아 설탕병 테두리를 핥고 있는 동생 뒤로 라면 봉지가 보였다. 일주일만 지나면 열두 살이 된다는 생각에 라면쯤은 쉽게 끓일 수 있을 거라는 자신감이 솟구쳤다.

"누나 라면 끓여 본 적 없잖아!"

"쉿, 우리끼리 비밀이다."

나는 태어나서 처음으로 냄비에 물이 없으면 어떻게 되는지 똑똑히 보았다. 냄비가 타면서 매캐한 냄새가 나고 순식간에 눈앞이 연기로 자욱해진다는 것도. 동생은 기침을 하느라 들고 있던 설탕병을 떨어뜨렸다.

"야, 이 바보야!"

가스레인지 앞에 선 동생을 밀쳤을 때 내 오른쪽 눈에 무언가 들어갔다는 게 느껴졌다. 동생이 깨트린 설탕병의 유리 조각이 튄 게 틀림없었다. 내 눈을 쳐다본 동생이 울었고 무서워진 나도 따라 울었다. 우리는 울면서 구토를 했다. 게워 내자마자 잠이 왔다. 흐려지는 의식 속에서 희미하게 사람의 형체가 보였다. 할머니, 나는 손을 뻗었다. 하지만 할머니는 쓰러진 남동생을 감싸안고 연기 속으로 사라져 갔다. 그때 처음으로 할머니가 절룩거리지 않고 걷는 것을 보았다. 이루 표현할 수 없는 역겨운 공기가 나를 덮쳤다. 흰 연기는 눈보라처럼 자욱했다. 소방관이 구조해 응급실로 실려 온 후에는 곧장 치료를 받았다. 하지만 혼미한 정신에 오른쪽 눈에 유리 조각이 들어갔다는 사실을 잊어버리고 말았다.

"집에 얘 혼자 있었대?"

"그런가 봐. 문도 열러 있었고, 구해 달라는 듯이 손을 뻗고 있었대."

"의식이 있어서 다행이야. 조금만 더 늦었어도 PVS*가 됐을 텐데."

---

* PVS Persistent Vegetative State. 식물인간 상태를 의미하는 의학용어.

어느새 말소리가 또렷하게 들리기 시작했고 나는 눈을 떴다. 등을 진 간호사들이 흐릿하게 보였다.

"누운……."

갑자기 오른쪽 눈에 참을 수 없는 가려움과 통증이 몰려왔다. 나는 무의식적으로 오른쪽 눈을 비볐다.

"아이의 눈이!"

나를 본 간호사가 비명을 질렀다. 처음엔 의사 한 명이 뛰어오다가 나중에는 세 명으로 늘었다. 곧바로 마취가 시작되었고 내가 들은 마지막 말소리는 '수술 방을 준비하라'는 누군가의 지시였다. 그렇게 크리스마스이브를 지나 25일 밤이 되도록 한 차례의 수술과 두 번의 대기 끝에 오른쪽 각막을 이식받을 수 있었다.

"의사 생활 20년 차에 이렇게 극적인 순간은 처음입니다. 뇌사자 가족 분께서 유리 양이 열한 살이라는 걸 듣고 각막까지 기증하기로 마음을 바꾸셨어요. 뇌사자는 고등학생인데……."

때마침 뇌사에 빠진 사람이 있다는 것이 내게는 행운이었다. 의사는 그 뇌사자가 아니었다면 각막을 기증받을 수 있는 시기는 미지수였다고 말했다.

"유리야, 너는 크리스마스의 기적이야. 하나님이 눈으로 보여 주신 거야. 그렇지? 영이도 너처럼 괜찮아지겠지?"

수술을 기다리는 동안 엄마는 병원 안의 예배당에서 기도를 드리며 신자가 되었다. 나는 동생이 식물인간이 된 줄도 모르고 우는 엄마를 다그쳤다.

퇴원하는 날, 이식받은 오른쪽 눈으로 처음 본 것은 유리창 너머 동생의 모습이었다. 조그마한 몸에 알 수 없는 장치를 여섯 개나 달고 누워 있는 바보 같은 내 동생 배영.

그 상태로 해가 바뀌었고 우리 가족은 모두 전과는 다른 사람이 되어 살았다. 식물인간으로, 그 보호자로, 기적을 기다리는 신자로, 혹은 죄인으로. 그중 누구도 내게 일어난 기적이 누구의 희생이었는지는 알아보려고 하지 않았다. 내게 눈을 준 사람은 그렇게 미지수로 남아 있었다.

x를 구해 보시오

x: 나에게 각막을 기증해 준 사람에 대해 알고 싶어졌다.

나는 오른쪽 눈을 뜨고 문제집 여백에 x에 관해 아는 정보를 적어 나가기 시작했다. x가 고등학생이었다는 사실, 5년 전 크리스마스에 뇌사 상태에 빠졌다는 사실, 단 두 가지였다. 원칙적으로 장기를 기증한 기증자와 장기를 이식받은 이식자 간에는 정보를 교류할 수 없다. 마취에서 깰 때 의사가 엄마에게 하는 이야기를 들은 게 전부였다. 그래서 '크리스마스', '뇌사'라는 단어를 넣어 5년 전 기사들을 검색했다. '13세 뇌사 판정 미국 소녀…… 크리스마스의 기적은 올까?', '크리스마스의 기적, 미국 뇌사

소년 장기 기증 직전 깨어나……'. 검색어에 우리나라를 추가해야겠다고 마음먹고 스크롤을 내리는 순간, 제목 하나가 눈에 띄었다. '기적'과는 반대에 있는.

제목은 '크리스마스의 악몽'이었다. 나는 손가락을 갖다 댔다.

"뭘 구하고 있는 건가."

"네?"

갑자기 책상 앞에 서 있는 강사의 물음에 반사적으로 굴었다. 힐끔거려 보니 다른 아이들은 전부 문제를 풀고 있었다. 뒤늦게 손바닥으로 핸드폰 화면을 가리고 문제를 푸는 척했다.

강사는 내가 1번 문제를 다 풀 때까지 앞에서 지켜보다가 질문을 던졌다.

"왜 의사가 되고 싶지?"

사실 이 질문에 막힘없이 대답할 수 있는 사람은 부모님이었다. '의사 선생님들이 살려 주셨으니 너도 의사가 되는 게 어떠냐'고 권유한 사람은 엄마였고, '새 눈으로는 공부를 열심히 해야 한다. 아픈 영이를 봐서라도'라며 호

소한 것은 아빠였으니까.

"죽다 살아났으니까요."

다른 아이들이 나를 쳐다보았다. 어떤 사연인지 궁금하지만 물어볼 만큼 가깝지 않은 이들의 눈빛. 나는 무심한 척 샤프를 한 바퀴 돌렸다.

"그게 본인에게 이유가 안 되나 본데."

강사가 내가 푼 문제를 보며 말했다. 손가락으로 문제를 가리키면서. 그 제스처는 '틀렸다'는 뜻이었다. 나는 눈으로 풀이를 훑어보았다. 첫 번째 문제부터, 틀렸다.

"다음 시간까지 오답 풀이 백 개."

나는 자리에서 벌떡 일어났다.

"아니면 오백 개 해 보겠나? 한쪽 눈이 불편해 보여서 백 개로 감면한 거다. 가능하다면 오백 개로 정정하고."

강사가 나의 오른쪽 눈을 보면서 말했다. 문제를 틀렸다는 사실보다 애써 말한 유일한 이유가 성립되지 않는다는 말에 수치심이 일었다. 하지만 오답 풀이를 백 개나 해 오라는 것도 끔찍하게 싫었다. 하위권 반을 가르치는 강사 따위가, 의사가 될 수 있는 자격을 운운하다니.

"재수 없어."

 나는 가방을 거칠게 들고 강의실 밖으로 나갔다. 문이 닫히자 강사는 없었던 일처럼 수업을 이어 나갔다. 손에 쥔 샤프가 바드득 부러졌다.

 죽다 살아난 년.

 할머니는 나를 이렇게 불렀다. 죽음 속에 나를 유기한 용의자가 할 말은 아니었다. 하지만 그 악의를 품은 말 뒤에는 묘하게 꼭 살고 싶은 마음이 들었다. 정체불명의 존재가 등장해 나를 억누르는 악몽 속에서도 스스로 그 말을 내뱉으면 거짓말처럼 깨어났다. 죽다 살아난 년은 반드시 모든 걸 갚는다는, 굳은 반기의 목산이었다.

 집으로 가는 버스에 앉지마자 아까 켜 둔 기사를 보았다. 크리스마스의 악몽. 거기엔 평소 지병을 앓고 있었던 열여덟 살 이영준 군이 크리스마스이브 날 뇌사 상태에 빠졌다고 나와 있었다. 열여덟 살 이영준이라. 이름과 나이를 넣고 재검색을 했다. 처음보다 훨씬 많은 기사가 떴다.

 '투병 생활 중이던 청소년이 크리스마스 날 다섯 명에

게 새 삶을 주고 하늘로 떠나', '난치병을 앓고 있었던 열여덟 살 이영준 군이 크리스마스에 간, 좌우 신장과 각막을 다섯 명에게 주고 떠났다'. 나는 손가락을 접으며 몸속의 신체 기관을 떠올려 보았다. 각막 둘, 신장 둘, 간 하나. 그렇다면 뇌사자에게 장기를 이식받은 사람은 나까지 총 다섯 명이 맞았다.

버스가 정류장에 멈춰 섰다. 나는 고개를 들어 차창을 바라보았다. 왼편에서 버스를 타고 내리는 사람들의 얼굴이 안대에 가려 보이지 않았다. 버스가 다시 출발하자 5년 전 크리스마스에 각막을 기증했을지도 모르는 또 다른 뇌사자들을 검색해 보았다. 크리스마스 각막 기증, 크리스마스 뇌사자 각막, 크리스마스 각막 이식······. 마지막 검색어에는 나와 동생의 사고 소식이 연관 기사로 떴다. x를 찾은 듯했다. 열여덟 이영준. 지난 5년간 나에게 미지수로 있었던 존재의 형체가 드러나는 순간이었다.

오답 풀이를 열 개 정도 만들고 나자 잠이 쏟아졌다. 이제 저녁이었다. 오답을 하나 완성하는 데 삼십 분이나 걸렸다. 모든 풀이 방법과 과정을 나열해야 하기 때문이다. 수학은 할수록 복잡하고 세세해진다. 이런 속도로 의대에 갈 수 있을까. 초등학교 6년, 중학교 3년, 고등학교 3년, 의대 6년, 인턴 1년, 레지던트 4년의 합은 201,480시간이다. 이십만 천사백팔십 시간 동안 어떤 속도로 문제를 풀어야 장기 이식 수술을 집도할 수 있을까. 대학 병원의 안과 선생님은 고3 때는 초 단위로 문제를 풀었던 것 같다고 했다. 어떤 인간의 문제는 초속으로 풀리는데, 어떤 인간은 평생을 바쳐도 답을 구할 수 없다. 아마 나 같은 인간일 것이다. 안대를 벗으면 안 된다는 규칙을 어기고 침대에 누워 지구과학 팟캐스트를 틀었다. 오늘은 기상 현상에 대한 이해와 예측 파트였다. 상공에 한기가 가득해도 반드시 눈이 내린다고는 할 수 없다는 진행자의 말이, 초속 7미터로 불어오는 건들바람 같았다.

그 아이

 깜빡 잠이 들었다. 눈을 떠 보니 팟캐스트가 끝나 있었다. 바람에 대해서 듣고 있었던 것 같은데, 시곗바늘이 자정을 지나 있었다. x에 대한 생각을 한 탓인지 꿈에서 x를 만났다. x와 나는 여행을 하고 있었다. 아무도 없는 호숫가 뒤로 설산이 보이는 곳이었다. 현실과는 다르게 마음이 들떴고 나는 호수로 뛰어들었다. x가 나를 붙잡았다. *그런다고 설산에는 갈 수 없어.* 나는 네가 뭘 아느냐고 현실의 나처럼 물었고 그 순간 호수에 잔물결이 일면서 하얗게 변했다. x의 모습이 바람 속에 일그러지면서 꿈에서 깼다. 꿈이었지만, 발이 찼다. 안대를 벗은 왼쪽 눈이 시큰거렸다. 다시 눈을 감았다. 분명한 형체는 아니었지만 x를 이루는 잔상이 눈 속에 떠다녔다.

　나는 눈을 떴다.

　왼쪽 눈에 안대를 쓰고 핸드폰을 집어 들었다. 다섯 명에게 장기를 기증하고 죽었다는 것 말고 현실에서의 x는 어떤 모습이었을지 궁금했다. 하지만 인터넷에 '열여덟 살 이영준'이라고 검색하면 뇌사자라는 정보만 알 수 있을 뿐이었다. 한 사람의 생애가 단 한 단어로 압축될 수 있을까. 투병 중이었지만 x에게도 가족이나 친구는 있었을 것이다. 좋아하는 과목이라든가 시간, 냄새도 있었을 것이고 나처럼 싫어하는 게 많았을 수도 있다. 거기까지 생각하자 장기 기증자에게 편지를 쓸 수 있는 사이트가 있다는 것이 생각났다.

　'하늘로 보내는 편지'.

　사이트에 접속하면 누구나 기증자 앞으로 온 편지를 읽어 볼 수 있었다. 가장 최근에 올라온 편지는 불과 일 분 전에 등록된 편지였다. 추모자 이름란에 '아빠'라고 적혀 있었다. 나는 망설이다가 편지를 클릭했다. 우리 딸 거기서 잘 잤니? 아빠는 딸 얼굴이 떠올라서 한 시간도 잘 수 없었어……. 눈알이 시큰해졌다. 곧바로 뒤로 가기 버튼을 눌렀다.

사이트에는 이런 식으로 기증자 앞으로 온 편지가 첫 페이지에만 스무 통이 넘게 등록되어 있었다. 하지만 다섯 페이지가 넘어가도록 x의 이름은 보이지 않았다. 혹시 나처럼 친구가 없는 걸까? 엄밀히 말하면 친구가 없는 건 아니다. 점심시간에 같이 밥 먹고, 체육 시간에 같이 이동할 만큼의 친구는 있지만 편지를 써 주는 친구는 없다. x 또한 그런 생활을 했던 것일까? 왜 x의 가족은 다른 유족들처럼 편지를 써 놓지 않은 걸까. 의문점이 생기면 생길수록 x에 대한 호기심이 솟았다. 12페이지로 넘어가려는 때, 나는 다시 11페이지로 돌아갔다. 무언가 발견했기 때문이었다. 오른쪽 눈으로, 이름이 통과했다. '이영준'. 드디어 x 앞으로 온 편지를 찾았다.

x에게 온 편지

10월 5일

제목: 오랜만이지

중간고사가 이제 끝났어

중3 되니까 하기 싫은 과목도 다 공부해야 한다

그래야 고등학교에 가서 뒤처지지 않는대

그런 소리를 들으면 마음이 불안해져

난 이미 다른 아이들보다 몇 년 뒤처졌으니까 말이야

9월 28일

제목: 발견

지금은 시험 기간이야

주기율표를 외우고 있어

그거 알아?

플루토늄은 명왕성의 이름 플루토를 본 따서 지었대

우라늄은 천왕성 유러너스의 이름에서 왔고

Pu, U, 나는 그런 식으로 원소 기호를 암기해

만약 내가 원소에 이름을 붙일 수 있다면 X라고 지을 거야

내 이름의 시작점이니까

어때?

9월 13일

제목: 믿는다는 게 뭘까

사회 시간에 냉대 기후에 대한 단원이 있었어

에베레스트를 찍은 사진이 있었는데 선생님이

만년설을 보면 좋은 일이 생긴다고 하는 거야

해발 팔천 미터가 넘는 산의 눈이 응고되는 현상이

어떻게 좋은 일을 가져다준다는 걸까?

선생님은 '그냥 좀 믿어 시온아'라고 하셨어

행운을 믿는 게 나한테는 너무 어렵다

이해하지?

꿈을 꾸면 지금도 가끔 심전도 소리가 울려

시간의 역순으로 x에게 온 편지를 읽었다. 보낸 이는 단 한 사람, '이시온'이었다. 가장 최근에 올라온 편지에는 '아무하고도 말하지 않은 지 일주일을 넘기고 있어'라고 적혀 있다. 이시온이 누군지는 몰라도, 만년설을 과학적인 현상으로 보고 있다는 점이 마음에 들었다. 편지를 쓴 아이는 나와 동갑이었다. 그런데 x와는 어떤 사이일까. 친구일까? 하지만 살아 있었다면 스물세 살이었을

x와 열여섯 살이 친구였을 리가. 동생이라면 몰라도.

그래, 동생.

나는 몸을 벌떡 일으켰다. 눈의 기압이 올라가 통증이 몰려왔다. 불 꺼진 방 안의 어둠 속에서 눈송이 하나가 떠다녔다. x, 이영준이 준 오른쪽 눈으로만 보였다. 이식을 받은 후 아무 문제 없던 눈에 이틀 전부터 눈송이가 나타나기 시작한 건 우연의 일치일까? 나도 그런 걸 믿지 못하는 사람이다. 우연이나 행운, 기적 같은 것.

"x는 이영준, y는 이시온, 루트는……."

어떤 길로 가는 방법.

미분에서 루트는 수리를 넘어 천체 사이의 거리를 구할 때도 쓰인다. 같은 말로 '경로'라는 뜻도 가지고 있다. 난 x값을 알기 위해 새 루트를 짜야 했다.

루트√

6월 2일

제목: 내가 시간을 보내는 방법

엄마가 성당에 같이 가자고 해서 따라왔어

모자를 쓰고 왔는데 미사를 드릴 땐 벗어야 한대

지금은 성가대가 노래하는 숭이야

같이 휘파람을 불었을 때가 생각난다

처음으로 불어 본 휘파람이 너무 짧고 소리가 작아서 실망했었잖아

그 후로 잠들기 전에 매일 휘파람을 연습했어

바람으로 소리를 낸다는 게 너무 신기했거든

파이프오르간도 바람의 압력으로 소리를 낸다는 거 알아?

금속관 안에서 바람은 초속 몇 미터로 부는지,

그때의 바람은 항상 일정한지, 바뀌기도 하는지

나는 이런 생각을 하면서 지루한 시간을 견뎌

항상 눈에 띄지 않게 노력하면서

또 편지할게

2월 14일

제목: 고민이 생겼어

같은 반 아이에게 고백을 받았는데

내 갈색 머리가 좋대

내가 입는 옷들이 자기 취향이래

눈을 마주치지 않으니 무슨 생각을 하는지 늘 궁금하대

얘기를 듣고 나는 놀랐어

다른 사람의 눈으로 나를 본다는 건 꽤 낯선 일이야

나는 사진도 잘 찍지 않으니까 말이야

그동안 내가 어떤지 잘 모르고 지낸 거 같아

어쩌면 그만큼 스스로에게 관심이 없었다는 거겠지

거울을 들여다봤어

분명 나인데도 눈을 맞추기가 힘들어

그만 시선을 피하고 말았어

나는 나와도 대화하지 못하는데

어떻게 그 아이에게 내 마음을 전달할까?

상처를 주지 않고 거절하는 방법을 아직은 모르겠어

8월 이전으로 거슬러 올라가 이시온이 쓴 지난 1년 동안의 편지를 모두 읽었다. 그중 몇 편은 피식 웃음이 났다. 이렇게 마음이 그대로 드러나는 사적인 글을 아무나 봐도 되는 건지 심기가 불편하기도 했다. 하지만 조회 수가 0에서 1로 변한 것을 보니 편지를 본 사람이 나 말고는 없는 것 같았다. 생각해 보면 누가 장기기증자 앞으로 온 편지를 읽으려고 사이트에 들어올까. 유족이거나 장기 이식

수혜자뿐이겠지.

  어쨌든 편지를 통해서 x의 별명이 '뜬구름'이었다는 것을 알게 되었다.

4월 6일

제목: 구름

하늘에 구름이 계단처럼 펼쳐져 있어

구름의 얼굴을 포착해 알려 줬었잖아

이런 구름은 온기를 몰고 온다고 내게 말해 주기도 했고

병실 침대에 누워 있으면 하늘을 자주 보게 된다고

사람들의 표정이 다른 것처럼

구름도 모양과 빛깔이 다르다고 그랬어

그 얘기를 듣고 '뜬구름'이라는 별명이 잘 어울린다고

내가 놀렸었는데

그렇게 농담을 주고받는 순간이 좋았어

창문 밖으로 눈이 빗금을 치며 내리는 걸 보았을 때

하나 둘 셋 하던 순간 가로등에 불이 켜졌을 때

유리에 끼인 서리 위에 손가락으로 우리의 얼굴을 그렸을 때처럼

내가 요즘 유일하게 즐거워하는 시간은

대기권에 대해서 배울 때야

오늘은, 구름은 흘러가는 것처럼 보여도

부력으로 하늘에 떠 있는 상태라는 걸 배웠어

구름의 입자는 초속 일 센티미터로 떨어지는 중이래

하지만 이 속도를 초월하는 상승 기류가

구름을 떠 있을 수 있게 하는 거래

근사하지 않아?

고개를 끄덕이면서 웃었을 거라 생각해

나는 1년 전 4월에 이시온이 쓴 편지를 곱씹어 보았다. 구름의 얼굴이라. 기사에 따르면 x는 어릴 때부터 난치성 폐 섬유증을 앓고 있었으니 학교에 못 간 날이 더 많았을 것이다. 어쩌면 중학 과학보다 병실 창문을 통해 본 구름이 x가 아는 전부였을지도.

문제는 그게 아니었다. 편지를 읽으면 읽을수록 x와 이시온의 사이가 명확하지 않다는 점이 느껴졌다. 편지 어디에도 호칭이 없어서였다. x 이영준과 y 이시온의 나이 차는 일곱 살. 이시온이 나와 동갑이니까 x가 뇌사에 빠졌을 때는 그 아이도 열한 살밖에 되지 않았다. 가족의 죽음을 받아들이지 못하다가 시간이 흘러서 편지를 쓰게 되었다는 게 나의 가정이었다. 그런데 왜 시온은 이영준에게 호칭을 붙이지 않을까? 않는 것일까 못하는 것일까. 후자일 가능성도 열어 두었다.

　책상의 스탠드 빛이 희끄무레해졌다. 창문을 살짝 열어 보았다. 눈이 내리고 있었다. 고1을 준비하며 지구과학을 공부해서 좋은 점은 기상에 대한 궁금함을 풀 수 있다는 것이었다. 하늘에서 중력의 영향을 받지 않는 물질은 없다. 눈이 떨어지는 것은 이 때문이다. 하지만 나의 오른쪽 눈에 비치는 눈송이는 중력의 영향을 받지 않고 하늘에 붕 떠 있다. 추락하지 않는 흰 점 그대로.

"바보."

　'동생'이라는 단어를 입 밖으로 꺼내지 못한 지도 5년이 흘렀다.

"유리야."

부엌에서 아빠를 마주쳤다. 나는 무심하게 컵에 물을 따랐다. 사흘 전에 영을 보러 병원에 갔다가 뛰쳐나오면서 본 모습이 마지막이었다. 눈이 내렸음에도 불구하고 난방을 하지 않아 집 안이 냉골이었다. 화재 사고 후, 우리와 함께 살게 된 할머니는 난방비를 아까워했다. 남한의 설한이 아무것도 아니라고 치부하기 때문이었다. 컵에 입을 갖다 댔더니 유리에 김이 서렸다. 나는 아빠의 등을 바라보았다.

"학원에서 연락받았어. 더 내려갈 곳도 없네, 이제."

부엌 창으로 새어 들어온 빛에 눈이 부셔 오른쪽 눈을 가늘게 떴다. 내가 고개를 끄덕이면 아빠는 내 눈을 바라봐 줄까. 등을 지고 유리그릇의 뚜껑을 닫는 아빠에게서 물 냄새가 났다. 사고가 나기 전까지는, 정확히 영이 식물인간 판정을 받기 전까지 아빠는 비행기 조종사였다. 검은 제복을 입고 집으로 돌아와 '파파 항공에 탑승하신 따님 분, 저는 파파 비행기의 기장 최고의 파파입니다. 오늘도 따님을 안고 베란다까지 무사히 가 보겠습니다'라며 나를 안고 비행기를 태워 주었다. 하지만 사고 후, 아빠는 회사에 무기한 무급 휴직을 신청했다. 무사고 비행 경험 오천 시간 돌파를 앞두고 말이다.

"다른 루트를 알아봐야겠네."

"무슨 루트?"

"의예과 정시 말고 다른 루트. 아빠가 알아볼게."

화마가 휩쓸고 간 자리에 이런 아빠가 남았다. 나를 의대에 보내려고 하는 아빠. 영을 위해 커리어를 중단한 아빠.

"그런 '루트'가 있어?"

나는 루트를 강조했다. 그러자 아빠가 뒤돌아보았다. 나는 안대 쓴 왼쪽 눈을 움찔거렸다. 실은 웃음이 나오려는 걸 참았다. 의사가 되기 위한 루트라니, 수학 문제를 풀지 않을 사람이 물리 기호를 운운하는 자체가 코미디 아닌가.

"세특을 짜서 수시 준비를 하든가 논술을 하든가. 근데 너 표정이 왜 그래?"

아빠의 태도에 갑자기 웃음이 났다. 손에 쥔 컵의 물이 위태롭게 출렁거렸다. 웃겨서. 나는 그렇게 대답했다.

"전혀 웃기지 않아."

아빠의 목소리가 냉랭했다.

"영이는 이번 주 내내 한 번도 자가 반응이 없었어. 그게 뭘 뜻하는지 알아? 뇌에서 신호를 보내지 않는다는 거야. 넌 아니잖아. 그런 일을 겪고도 멀쩡히 살아남아서 머리를 쓸 수 있는데, 감사하게 생각해야지."

아빠는 눈에 대해서는 한마디도 하지 않았다. 끝끝내. 나는 컵을 식탁 위에 세게 내려놓았다. 강화유리는 깨지지 않는다.

방으로 들어갔다. 열어 둔 창문으로 하늘이 비쳤다. 눈은 어느새 그쳐 있었다. 핸드폰 시계는 일곱 시 사십칠 분, 엄마에게서 부재중 전화 한 통이 와 있는 게 전부였다. 곧장 '하늘로 보내는 편지' 사이트에 접속했다. 몇 시간이 흘렀을 뿐이었지만 기증자들을 향해 새로운 편지가 업로드되어 있었다. 페이지를 넘기려던 찰나, y의 이름을 발견했다. 불과 십 분 전에 올라온 편지였다. 나는 x에게 온 편지를 소리 내어 읽었다.

"제목, 서울에 눈이 내렸어."

창문으로 눈이 내리는 걸 보다가 밖으로 나갔어

걷다 보니까 병원 앞 하천이었다

고개를 들었는데 그 순간 병동에 불이 들어오고 있었어

일곱 시, 회진을 시작하면 커튼을 걷고 창 너머를 바라보면서

하천 산책로를 지나가는

출근하는 회사원, 학교 가는 애들,

아침부터 운동하는 사람들을 본 게 생각났어

우리는 이런 일이 생긴다면 어떨까? 상상을 하곤 했잖아

하루는 강아지를 데리고 나온 애들이 눈사람을 만드는 걸 보고

눈사람에게 이름과 마음을 지어 주었잖아

내가 눈사람은 '녹지 않기를 바라는 마음'일 거라고 하니까

형은 그랬지

녹기 전까지 자기를 찾아와 주기를 바라고 있을 거라고

형이 하는 상상은 늘 조금은 이상하고 슬펐어

눈이 오는 날처럼

형

떨어지는 눈송이를 맞다가 눈사람을 만들었어

병동에서 아주 잘 보이는 곳이야

누가 찾아와 줄까?

'형'. 그 단어 옆에서 눈송이기 어른거렸다. 작성자 이시온은 이영준의 남동생이었다. 나는 편지를 스크롤했다. 편지 맨 끝에 사진이 실려 있었다. 어딘지 익숙했다. 지도 앱을 켜 보았다. '걷다 보니까 병원 앞 하천이었다'. 서울에서 병원 앞에 하천이 흐르는 곳은 우리 동네의 H대학병원뿐인데? 내가 눈 치료를 받는 곳이자 영이 누워 있는 곳. 감이 왔다. 내가 아는 곳이 틀림없었다. 사인, 계시를 받은 기분이 들었다. 어제 입었던 코트를 입고 밖으로 달려 나갔다.

2부

경우의 수

사인sin

 x와 y의 장소로 뛰어가면서도 이것이 잘하는 짓인지 확신할 수 없었다. 하지만 내면의 무언가가 거기로 가야 한다고 등을 떠밀었다. 바람은 밤사이 나무에 쌓였던 눈을 길바닥에 내리고 있었다. 아파트 단지를 지나서 횡단보도를 건넜다. 눈 쌓인 계단을 조심스럽게 내려가자 눈이 부시게 흰 하천 산책로가 나타났다. 나는 사진 속에서 눈사람이 놓여 있던 벤치를 향해 입김을 뿜으며 걸어갔다. 하천 산책로의 벤치 중에서 유일하게 등받이가 없는 벤치였다. 눈사람이 보였다. 사실 눈 뭉치 두 개에 가까운 형태였다. 나는 고개를 들어 병원을 바라보았다. 각진 건물 안에 창문이 다닥다닥 붙어 있었다. 저 중 누군가 링거

줄을 매달고 창문으로 와 눈사람을 보았을까. 나는 다시 눈사람에게 시선을 돌렸다.

"이시온, 생각보다 허술하네."

나는 눈 더미 위에서 부러진 나뭇가지와 누군가 버리고 간 물병 뚜껑을 발견했다. 그것들을 주워서 y가 만든 눈사람에 팔을 만들어 주고 모자를 씌웠다.

"대칭이 맞지 않아."

코트 자락을 이용해 눈을 모아서 눈 뭉치에 살을 보탰다. 타원이 되도록. 포개 놓은 눈 뭉치는 꼭 교집합을 세워 놓은 것 같았다. 나는 아까보다 더 직선적인 나뭇가지를 찾아 눈사람의 팔을 만들고 얼굴에는 안경을 그려 주었다. 눈사람에 안경이라니, 안경에 서리가 끼어 앞이 잘 보이지 않겠지만 나는 안경을 그리고 싶었다.

"꼭 봐라."

습관적으로 내뱉은 혼잣말이었는데 지나가던 사람이 나를 쳐다봤다. 설마 내가 눈사람하고 대화하는 줄로 알았을까. 나는 괜히 얼굴 왼편의 안대를 만지작거리면서 발걸음을 돌렸다. 발밑에서 눈이 부서지는 소리가 들렸다. 눈과 눈. 눈과 눈. 이런 말장난을 좋아할 애가 저 병원에 있다. 머리를 박박 밀고 몸에 호스를 달고 있는 동생을 떠올리자 추위가 몰려왔다. 나는 코트에 달린 모자를 뒤집어썼다. 눈 주위가 컴컴해졌다. 얼어붙어서 그 깊이를 알 수 없는 하천이 나를 따라오는 것 같았다.

❄

오답 풀이 오십 개를 만들어 학원에 갔다. 어제 내게 수치심을 안겨 준 최하위반 강사는 노트를 받아 들고도 무표정이었다. 설마, 진짜로 백 개를 해 오라는 건 아니었겠지. 고1을 앞둔 중요한 시점에 어느 바보가 월별 기출문제지의 각 1번 문제를 백 개나 풀고 앉아 있을까. 보통 이런 숙제는 정성만 보이면 넘어가졌다. 만약에 강사가 꼬투리를 잡아서 백 개를 채워 오라고 하면 나는 학원을 옮길 작정이었다.

"내일 서울에 눈이 내릴 확률이 몇 퍼센트라고 생각하나."

황당한 질문에 나도 모르게 '네?' 하고 되묻고 말았다.

왜 저따위 질문을 하는 걸까. 나를 가르칠 생각이 없는 건가. 머릿속으로 이런 생각이 스쳐 지나갔다.

"오늘 새벽 적설량이 2센티미터, 현재 습도는 98퍼센트, 저기압 현상이 지속되고 있고 예년 12월 12일경에 눈이 내린 횟수가 평균 70회를 넘겼기 때문에 내일 눈이 올 확률은 과반수가 넘는다."

강사가 노트를 돌려주며 말했다. 나는 강사의 어깨너머로 유리창을 내다보았다. 흐린 하늘에 뭉쳐 있는 구름이 많았다.

"'경험적 확률' 설명하시는 건가요."

하늘 높이 솟은 뭉게구름인 적란운은 그 속에 번개나 천둥, 수억 개의 얼음 결정들을 지니고 있어서 파일럿들이 가장 두려워하는 존재다. 대기권에 이런 적란운이 발생하면 며칠 내로 지상에 비나 눈이 내린다. 나는 파일럿이었던 아빠의 중첩된 경험으로 머지않아 눈이 내릴 것이라는 걸 알고 있었다. 그러자 어떤 바보짓을 해도 숨소리 하나 바뀔 것 같지 않은 강사의 표정이 달라졌다. 그가 웃었다.

"유리,라고 했나."

"배유리요."

나는 그저 '유리'라고 불리는 걸 싫어한다. 유리는 한없이 연약하기 때문이다. 어째서 수업도 못 듣게 하고, 난이도 낮은 문제를 되풀이시키는 강사에게 성을 붙여서 이름을 불러 달라 하는지. 내가 낯설었다. 아마도 예기치 못한 저 미소 때문이었을 것이다.

"배유리 학생. 남은 오십 개도 잘 해 오길 바란다."

"네?"

"지금처럼 틀에서 벗어나 생각해 봐. 그게 문제를 푸는 핵심이다."

강사는 『확률과 통계』 교재를 들고 예비 고2 선배들이 있는 강의실로 향했다. 나는 뭔가 예사롭지 않은 기분이 들었다. 그게 뭔지는 알 수 없지만, 적란운 속으로 들어가 봐야 어떤 기상 현상이 기다리고 있었는지 보게 되는 것처럼 문제에 부딪혀 봐야 알 것 같았다.

"아."

학원을 빠져나와 걷는 도중에 모르는 사람과 어깨를 부

딪혔다. 미안하다고 인사를 건네자 남색 니트 모자를 쓴 사람이 고개를 꾸벅 숙이고 지나갔다. 나는 버스를 타는 대신 하천 산책로로 향했다. 눈사람이 아직 거기 있을까?

제목: 눈사람

서점에 가는 길에 잠시 벤치에 들렀어
그런데 눈사람에게 팔과 안경이 생겨 있었어
누군가 다녀간 거야!
안경을 쓴 눈사람은 꼭 형 같아
캔커피를 뽑아서 눈사람 옆에 앉았어
형이 좋아했던 그 커피
겨울밤 어른들 몰래 로비에 내려가서
나는 땅콩이 박힌 아이스크림을, 형은 이걸 골랐잖아
커피를 마시면 어른이 된 기분이라고
"어른 되면 뭐 하고 싶어?"
라고 물었을 때

형이 한 대답을 영원히 잊지 못할 거야

"여행."

나는 눈으로 덮인 하천 산책로를 여행하듯이 걸었어

한걸음에 설레고 한걸음에 들떠서

눈을 잔뜩 뭉쳐 두고 왔어

부디 눈사람 앞을 지나가는 사람이

재밌는 걸 만들어 놓으면 좋겠다

형, 지금도 누군가는

병실 창밖을 바라보고 있겠지?

긴 겨울 방학에 눈사람 같은 일이라도 생겨서 다행이야

 이시온의 편지가 올라왔다. 내가 눈사람을 꾸며 놓고 온 지 여섯 시간 만이었다. 한낮이었는데도 기온은 영하를 웃돌았다. 나는 넘어지지 않게 하천 산책로를 잰걸음으로 걸었다. '눈사람은 꼭 형 같아'. 그 한마디에 x의 모습이 옅게 그려졌다. 갈색 머리카락을 지녔다는 시온과 x는 많이 닮았을까. 두 형제가 나란히 병실 창문으로 눈사람을 내다보았을 장면을 상상하다 보니 어느새 등받이가 없는 벤치 앞이었다.

눈사람 앞으로는 정말 한 더미의 눈이 뭉쳐 있었다. 나는 손끝에 입김을 후후 불어 넣고 눈을 만졌다. x는 차가운 사람이었을까? 형이 세상에 없어도 있는 것처럼 대하는 시온은 따듯한 사람일까. 오늘 아침 해가 뜬 후로 오른쪽 눈에 눈송이가 나타나지 않았다. '부디 눈사람 앞을 지나가는 사람이 재밌는 걸 만들어 놓으면 좋겠다'고 쓴 시온의 말이 주문처럼 느껴졌다. 아빠 말대로 지금은 고1이라는 중요한 시기를 앞두었고, 수학 신행을 나가고 과학 탐구 과목을 선택해야 하지만 내가 하고 싶은 건 그저 눈사람 같은 일을 만들어 놓는 거다.

"틀에서 벗어나 보자고."

영이라면 눈 뭉치로 뭘 만들었을까 생각해 보았다. 아이였지만 유난히 엉뚱하고 겁도 많았던 동생은 강아지보다 고양이를 좋아했다. 멀리서도 지켜볼 수 있다는 점이 동생을 안심시켰던 것 같다. 나는 눈을 굴리고 뾰족하게 파서 벤치 위에 누운 모양의 고양이를 만들었다. 몸통이 납작하지만 꼬리가 있고 귀가 달려 있어서 위에서 보면 충분히 고양이 같았다. 임무를 마치고 나자 당이 당겼다. 편의점까지 가기에는 너무 춥고 산책로 진입 계단에는 자판기가 있었다. 나는 내가 만든 눈 고양이를 핸드폰으로 찍어 놓고 자판기 앞으로 갔다. 핫초코와 밀크티 버튼 사이에서 고민하는데 비닐을 씌운 쓰레기통 속 캔커피 깡통이 보였다. 나는 자판기에 교통카드를 대고 똑같은 캔커피를 뽑았다. 손에 쥔 커피는 따끈따끈했다.

"너무 달다."

나는 캔커피를 눈사람 옆에 두고 일어났다. 하늘을 보니 푸른색 비행기가 구름 속으로 들어가고 있었다. 병동 앞 가로등이 트리처럼 점등되고 있었다.

바보 같은 눈송이 하나가 나타나 오른쪽 눈에 다시 어른거렸다.

경우의 수

 영이 케이크를 먹고 싶어 하지 않았더라면, 가스 밸브가 잠겨 있었더라면, 스프링클러가 있었더라면, 혹은 엄마 아빠랑 같이 있었더라면……. 5년이 흘렀어도 이런 식의 계산을 멈출 수 없었다. 나는 집 안에 들어가지 못하고 복도를 서성였다. 같은 복도를 쓰는 옆집에서 밥솥 돌아가는 소리가 났다. 우리 집은 고요했다. 불도 꺼져 있었다. 사람이 살고 있는 것 같지 않았다. 나는 현관문 비밀번호를 입력했다. 501223은 집 비밀번호를 자꾸 헷갈려 하는 할머니를 위해 아빠가 할머니의 피난 일로 설정해 둔 숫자였다. 도어 록 풀리는 소리가 신발장을 울렸다. 엄마가 이사 나가고 텅 비어 버린 신발장을 바라보며 발뒤꿈치로 신발을 벗었다. 현관에 불이 들어왔다.

"눈이 어째 그러니."

현관 앞에 지팡이를 짚은 할머니가 서 있었다. 한 올 흐트러짐 없이 묶은 백발이 형광등에 빛났다. 간이 떨어질 뻔했지만 나는 아무렇지 않은 척했다.

"조심하지 않간."

선명한 칼자국이 나 있는 왼쪽 뺨을 지나쳐 내 방으로 들어갔다. 대화 거절의 의사가 확실히 전해지도록 문을 꽉 닫고 방 안을 둘러보았다. 아까 내가 해 두고 간 그대로였다. 하지만 노트 위에 올려 둔 형광펜의 위치가 바뀌어 있었다. 파랑, 초록, 빨강 순이었는데 초록, 파랑, 빨강으로 바뀌어 있었다. 나는 형광펜을 주먹에 쥐고 문을 열었다.

"내 방에 들어왔어요?"

할머니는 외투를 입고 나갈 채비를 마친 모습이었다.

"뭐한대? 볼일 없다."

함경도 출신인 할머니는 월남한 지 70년이 넘었지만 서울말을 쓰지 않았다. 할머니는 늦둥이 아들인 우리 아빠가 항공사 기장이 될 때까지도 일을 했다. 시장 상인들에게 돈을 빌려주고 매일 이자를 붙여 받는 일수라는 거였다. 할머니 얼굴의 칼자국은 정육점에서 이자를 받아 내다 생긴 상처였다. 할머니는 그렇게 번 돈으로 헌 아파트를 사고, 헌 빌라를 샀다. 할머니의 노후 거주지인 빌라를 내가 태워 먹어서 우리는 함께 살게 되었다.

"나오라."

중요한 문제가 아니라고 생각하는지 할머니는 지팡이를 휘저으며 나더러 비키라는 시늉을 했다.

"할머니가 아니면 누가 내 책상을 몰래 뒤지겠어요?"

나는 지팡이를 잡았다. 할머니도 힘을 주고 벗어나려고 애썼다. 그때 도어 록 소리가 나더니 현관으로 아빠가 들어왔다.

"뭐 하는 거예요."

"아 새끼가."

아빠가 노려보자 할머니는 곧장 입을 다물었다. 거친 말투를 지적당한 후로 할머니는 아빠의 눈치를 봤다. 나는 빳빳하게 서 있는 할머니에게 지팡이를 돌려드렸다. 할머니는 기다리지 말라는 말을 남기고 집을 나갔다.

현관에 불이 들어왔다가 꺼졌다. 아빠는 봉지를 바스락거리며 부엌으로 갔다.

"햄버거 포장. 밥 먹어."

나는 봉지 안을 들여다보았다. 햄버거, 감자튀김, 콜라가 들어 있었다. 전적으로 영의 간병을 맡게 되면서 아빠는 간편식을 선호했다. 옆집의 밥솥에서 뿜어져 나오는 소리 때문이었는지 몰라도 갑자기 밥이 고파졌다.

"밥 아니잖아."

내가 이렇게 말하자 아빠는 한숨을 내쉬었다.

"너 먹고 싶은 거 시켜 먹든가."

그 말이 아닌데. 나는 손등을 햄버거에 갖다 댔다. 싸늘하게 식어 있었다. 아빠가 장갑을 벗지 않은 채 식탁에 서서 햄버거의 포장지를 벗겼다. 나는 아빠의 바로 뒤에 있는 전자레인지를 바라보았다.

"이런 거라도 먹을 수 있는 걸 감사하게 생각 안 하고."

아빠는 말했다. 속이 거북했다.

"됐어요."

나는 방문을 닫고 들어와 침대에 누웠다. 할머니가 음

식을 할 줄 아는 사람이었다면 어땠을까, 달랐을까? 아빠가 햄버거 대신 김치볶음밥을 만들어 줄 가능성은 몇 퍼센트나 될까? 병실에서 대소변을 갈고, 온몸 구석구석을 닦고, 식사 줄을 넣고, 욕창이 생기지 않게 수시로 몸을 뒤집어 주다 귀가한 사람이 쌀을 씻고, 밥을 안치고, 김치와 햄을 종종 썰고, 프라이팬을 달궈 볶음밥을 만들려면 얼만큼의 에너지가 더 필요할까. 그런 걸 계산하는 나는 미친 걸까. 화구는 막혀 있다. 우리 집은 가스레인지를 사용하지 않는다. 돌아누워 안대에 가려진 눈을 만져 보았다. 언저리가 욱신욱신했다. 어떤 납도 낼 수 없는 게 이 수식의 함정이었다.

❆

"그래서 밥을 굶은 거야?"

털모자를 쓴 엄마가 말했다. 모자 아래로 긴 머리가 가지런히 내려와 있었다. 배고픔을 참지 못한 나는 결국 엄마를 불러내 순두부찌개를 먹으러 갔다.

"응, 밥 먹고 싶어서."

검은 뚝배기에 하얀 국물이 보글보글 끓었다. 나랑 엄마는 날계란을 톡 깨서 넣은 다음 들깨가루를 솔솔 뿌렸다. 간은 새우젓으로. 밥뚜껑을 열어 열기를 식혔다. 엄마가 만족한 듯이 웃었다. 흰 순두부찌개를 먹는 방법은 엄마에게서 배웠다. 장시간 비행을 하고 나면 하늘 위에서는 맛볼 수 없었던 찌개나 탕 종류를 즐겨 먹기 때문이었다.

"올 때마다 이렇게 서비스를 주십니까?"

가게 사장이 시키지도 않은 불고기를 내오자 엄마는 민망해하며 말했다. 사장은 장시간 비행 후에는 든든하게 드셔야 한다고 웃으며 대답했다. 이런 유서 깊은 가게를 운영하기에는 사장이 젊어 보였다. 엄마를 향해 보조개가 움푹 파이도록 웃는 사장을 보고 나는 숟가락을 식탁에 세게 내려놨다. 흠칫한 사장은 카운터로 돌아갔다.

"왜, 왜? 음식 뭐 이상해?"

엄마가 목소리를 낮추고 눈을 동그랗게 떴다. 털모자 때문에 엄마 얼굴이 더욱 작고 앳되어 보였다.

"아니, 맛있어. 근데 엄마가 승무원인 거 저 사람이 어떻게 알아?"

승무원은 규정상 유니폼을 입고 식당이나 카페에 갈 수 없다. 전화를 받으면서 걸어도 안 된다. 그 때문에 엄마와 나는 통화보다 문자를 주고받을 때가 훨씬 많다. 규정이 엄격한 탓에 승무원들은 비행이 끝나면 외투를 걸쳐서 유니폼을 가린다.

"댈러스 비행 끝나고 순두부찌개가 너무 먹고 싶어서 리무진에서 내리자마자 담요 하나만 걸치고 왔거든. 먹다 보니까 땀이 나더라? 새벽이라 가게에 손님들도 없어서 담요를 벗었지. 근데 사장님이 바로 알아보시더라고."

엄마가 순두부를 후 불며 말했다.

"배영, 일주일 동안 생체 반응이 없었대."

나는 갑자기 영 이야기를 꺼냈다. 엄마의 숟가락질이 멈추었다. 뚝배기에서 연기가 눈치도 없이 모락모락 피어올랐다. 아빠 눈치를 보던 할머니가 생각났다. 한마디도 하지 못하는.

"식기 전에 먹자, 엄마."

나는 국물을 한술 떠 엄마에게 내밀었다. 순두부는 말

갛다. 엄마가 눈치를 보다가 입을 벌려 내가 주는 순두부를 먹었다. 뜨거운지 엄마는 미간을 찌푸렸다가 폈다. 괜찮지? 하고 내가 물었다. 엄마도 고개를 끄덕였다. 양이 적은 엄마는 서비스로 나온 불고기를 한 점도 먹지 못했다. 나는 포장을 요청했다. 가게를 나가며 엄마는 불고기 값까지 지불했다. 사장은 안 받겠다고 한사코 거절했지만 엄마도 물러서지 않았다.

"눈이다."

가게를 나오자 함박눈이 내리고 있었다. 엄마는 올겨울에 눈이 왜 이렇게 자주 내리는지 모르겠다고 했다. 우리는 잠시 멈춰서 검은 밤하늘에 흰 눈이 연기처럼 내려오는 걸 봤다. 나는 하천 벤치에서 눈을 맞고 있을 눈사람을 떠올렸다. 내가 두고 온 캔커피 속으로도 눈이 쌓일까?

엄마가 내 눈을 바라보며 물었다.

"유리야, 괜찮아?"

나는 대답 대신 엄마 팔에 팔짱을 꼈다. 놀란 엄마가 몸을 돌려 나를 쳐다보았다. 털모자에 눈송이가 와 붙었다.

12월 13일

제목: 말도 안 돼

밤에 하천으로 가 봤어

그런데 눈사람 옆에 내가 마시지 않은 캔커피가 놓여 있었어

뭐지? 오늘 이영준의 날인가?

형을 생각나게 하는 순간들이 자꾸 생겨

누군가 만들어 두고 간 눈은 곰 같아 보였어

형은 고양이를 좋아했는데 말야

기압에 대해 배울 때 알았는데

눈이 쌓이면 지상에 있는 모든 생명의 속도가 느려진대

형

눈으로 오리를 만드는 집게가 있다는 거 알아?

손이 시렸지만 집게로 눈 오리를 하나하나 만들었어

별거 아닌데 괜히 뿌듯하다

형이라면 눈으로 뭘 만들었을까

눈을 맞으면서 생각했어

떨어지는 눈이 형이었으면 좋겠다고

엄마는 이제 형 얘기를 그만하래

하지만 나는 그만할 수 없어

그게 내가 자꾸 벤치로 향하게 되는 이유야

❄

  눈으로 덮인 들판은 끝이 보이지 않았다. 추워. 내가 말하자 누군가 나도 하고 대답했다. 꿈속에서 들리는 목소리는 분간하기 힘들어서 나는 누가 내 말에 동의하는지 알아내기 위해 눈을 부릅떴다. 참, 나 위쪽 눈이 안 보이지? 아니야, 이건 꿈이잖아. 순간 작고 마른 체격의 형체가 어른거렸다. x 같았다. 꿈에서 나는 신발을 신고 있는데 x는 맨발이었다. 눈이 컴컴했다. *가*. x가 하는 말은 영화 자막처럼 나타났다. 나는 앞으로 걸었다. 무서운 기분이 들었다. 뒤를 돌아보니 x는 거꾸로 걸어가고 있었다. 이리 와! 소리를 질렀지만 내 목소리는 들리지 않았다. 발이 눈으로부터 떨어지지도 않았다. x는 계속 거꾸로 걷고 나는 앞으로 나아갔다. 안간힘으로 왼쪽 눈을 번쩍 떴다. 모든 풍경이 깜깜해졌다. 암전.

"빙하 위에는 끝없는 설원이 펼쳐져 있습니다. 한반도의 육십 배나 되는 면적의 남극에서는 식물이나 벌레, 새, 어떤 것도 찾아볼 수 없습니다. 완전한 눈의 세계인 거죠."

팟캐스트 진행자의 목소리가 들렸다. 나는 오른쪽 눈을 떴다. 다항식이 보였다. 문제집에 얼굴을 깔고 잠든 것이다. 책상에서 몸을 천천히 일으켰다. 허리랑 목이 뻐근했다. 자정이 넘어 있었다.

나는 안대를 만져 보았다. 꿈을 꾸며 진짜로 눈을 떴다면 안대에 틈이 생겼을 텐데 안대는 눈 표면에 잘 붙어 있었다. 거울을 통해 보니 왼쪽 뺨에 검은 잉크가 번져 있었다. 물티슈로 닦았지만 완전히 지워진 것 같지 않았다. 찝찝했다. 화장실에 가려고 일어서는데 발이 시렸다. 집 안의 공기가 너무 찼다. 털 달린 슬리퍼를 신었는데도 발이 시렸다. 반쪽짜리 세수를 한 다음 보일러를 틀기 위해 거실로 갔다. 온돌 버튼을 누르고 온도계를 상향 조절하는데 소파 위에 둔 아빠의 핸드폰에서 알람이 울렸다. 보려고 한 건 아니었지만 액정에 엄마 이름이 떴다. 나는 액정에 뜨는 메시지를 눈으로 읽었다.

> 약 때문에 그러는 거 같다고?
> 나한테는 그런 말 안 하던데?
> 아직도 자 유리?

엄마는 문자에 물음표를 세 개나 붙여 보냈다. 아빠가 뭐라고 했는지 대강 알 것 같았다. 안과에서 준 약 때문에 내가 시도 때도 없이 잔다고 보고했겠지. 둘은 헤어졌지만 나에 대해서 끊임없이 대화를 나눈다. 웃긴 건 나는 엄마와의 일은 엄마와의 일로만 여기고, 아빠와의 일은 아빠와의 일로만 여기는데 둘은 그렇지 않다는 거였다.

"배유리, 깼어?"

안방에서 샤워를 마치고 나온 아빠가 부엌으로 가면서 말했다. 나는 신경이 곤두선 말투로 대꾸했다.

"유진이한테 문자 왔어."

그러자 놀란 아빠가 핸드폰이 놓인 곳으로 뛰어 갔다.

내 이름은 아빠 이름 '배은'과 엄마 이름 '한유진'에서 본땄다. 나를 '배은과 유진이의 리틀 엔젤'이라고 소개하는 돌잔치 영상은 아직도 오글거린다. 동생의 이름은 그런 내 이름을 본따서 지었다. 유리처럼 맑을 영.

나는 방에 들어와 침대 속으로 들어갔다.

"추워."

두터운 이불을 덮어도 으슬으슬했다. 약을 먹어서 문제인 건 간간이 오는 쪽잠이 아니라 꿈을 꾸는 거였다. 움직일 수 없고, 자꾸만 x가 나타나는 꿈을. 나는 반복 재생되는 팟캐스트를 끄고 하늘로 보내는 편지 사이트에 들어갔다. 최근 업로드된 편지의 중간에 이시온의 이름이 보였다. 작성 시간을 보니 불과 삼십 분 전이었다. 나는 돌아누웠다. 오른쪽 눈으로 시온이 쓴 편지가 보였다. 말도 안 돼,라는 제목에 그 애의 심정이 느껴졌다. 눈 고양이였을까. 캔커피였을까. 지루한 중3의 겨울 방학을 놀라게 한 것은.

나는 일부러 끝에서부터 편지를 읽었다.

그게 내가 자꾸 벤치로 향하게 되는 이유야

하지만 나는 그만할 수 없어

스크롤을 올렸다.

엄마는 이제 형 얘기를 그만하래

흰 화면이 꿈속의 설원처럼 움직였다.

떨어지는 눈이 형이었으면 좋겠다고

시온의 말은 거꾸로 읽어도 완전했다. 나는 이 형제가 궁금하다.

두 점 사이의 거리

> **서술형 5번** (최고 7점)
> 좌표평면에서 주어진 조건에 따라 움직이는 두 사람 사이의 거리의 최솟값을 구하시오.

밤을 새워 남은 오답 오십 개를 만들어 갔다. 강사는 고등수학 상 수업을 듣게 해 줬다. 이차함수로 점 간 거리를 구하는 문제는 중1 겨울에 처음으로 풀었지만, 의대 집중반에서는 내가 다른 아이들보다 턱없이 뒤처져 있었다.

"이 공식은 어제도 했는데요?"

이틀 만에 학생이 절반으로 줄어든 최하위 반에서 누군가 이렇게 말했다. 학원을 바꾸거나, 과외를 받겠다고 나간 애들로 인해 강의실에는 나를 포함한 네 명이 앉아 있었다. 나는 샤프를 돌리다 말고 강사가 뭐라고 하는지 지켜보았다.

"공식을 외웠나."

"당연하죠."

꽉 끼는 맨투맨을 입은 애가 불만이 가득한 표정으로 말했다.

"왜지."

"그걸 왜 저희한테 물어보세요? 선생님이 알고 있어야 하는 거 아니에요?"

"수학은 암기 과목이 아니다."

맨투맨이 코웃음을 쳤다. 나는 턱을 괬다. 선생님들의 대답이 하나같아서였다.

우리가 배우는 건 암기 과목이 아니며 이해하는 힘과 사고력을 써야 한다고 하다가 내신 때가 다가오면 그냥 외우라고 한다. 시의 함축적 의미나 영어 연설문 속의 명문, 수학 공식과 사회의 제도, 온대 지방에 돌풍이 부는 이유와 잘 그린 그림에서 발견할 수 있는 선의 종류까지도.

"그러면요?"

맨투맨이 물었다.

강사는 셔츠의 소매를 한 단 접고 칠판에 좌표평면을 그렸다.

"A는 x 위치에 있고 B는 y 위치에 있다. 두 사람이 움직이지 않는다면 두 사람 간의 거리는 항상 일정하다. 하지만 두 사람은 이동한다. A가 1초에 2미터씩 앞으로 갈 때 B는 1초에 1미터씩 '뒤로' 간다면."

나는 머릿속으로 십자가를 그렸다. 가로축 x 선 위에 A의 위치를 찍고 화살표를 그린 다음 2m/s라 썼다. 세로축 y 위에는 B의 위치를 찍고 1m/s라 쓴 다음 화살표를 '거꾸로' 그렸다.

"거리를 계산하는 문제는 암기한 걸 기억해 내는 게 아니라 A와 B가 갈 수 있는 '모든 방향'을 생각해 보는 거다. 그래야만 최소 거리를 스스로 유도할 수 있다. 그게 이 문제의 출제 의도이고."

"유레카."

나도 모르게 아르키메데스의 감탄사가 흘러나왔다. 강

사의 시선이 나를 향했다. 나는 허겁지겁 가방을 챙겨 일어나면서 병원 외래가 있는 걸 깜빡했다고 말했다. 고개를 끄덕이고 보충 수업을 할 수 있도록 학원에 말해 놓겠다는 강사에게 감사하다는 뜻으로 머리를 숙였다. 그 모습을 보고 맨투맨이 고개를 절레절레 흔들었다. 내가 한심하다는 듯.

"아, 뭐야?"

맨투맨 옆을 지나가는데 실수로 내 가방이 그 애의 어깨를 쳤다.

"미안. 네가 거기 있다는 걸 '생각'했어야 하는데."

맨투맨이 황당하다는 표정을 지었다. 강사가 입꼬리를 올렸다 떨이뜨렸다. 나는 유유자적하게 학원을 벗어났다. y의 벤치로 갈 수 있는 가능한 모든 길을 머릿속에 그려 넣으면서.

❄

우리 동네에서 하천으로 가는 길은 세 가지가 있다. 육교를 건너서 가는 방법, 냇마을 놀이터에서 아랫길로 내려가는 방법, 그리고 큰 도로를 건너는 방법이다. 가장 직관적인 방법은 큰 도로를 건너는 것이다. 하지만 H대학병원으로 진입하는 차와 구급차들로 사차선 도로는 항상 시끄럽고 위험하다. 육교는 비교적 안전하지만 나는 계단 오르기를 싫어한다. 그래서 냇마을 놀이터로 향하는 버스를 탔다.

버스에서 내리자 대기는 차고 축축했다. 놀이터 그네 위에 눈 뭉치가 쌓여 있었다. 나는 발자국을 내며 하천으로 갔다. 하천에서 등받이 없는 벤치로 가는 방법은 두 개뿐이다. 나와 이시온이 직선 위에서 움직이는 두 점이라면, 우리는 서로 반대의 위치에 있거나 서로가 지나간 길을 다시 지난 셈이다.

땅은 눈으로 덮여 어디까지가 물이고 길인지 알 수 없었다. 나는 벤치를 향해 한 걸음씩 내디뎠다. 여행하듯이, 내가 가는 길에 시온의 발자국이 있기를 기대하면서. 눈이 내 발자국에 붙었다 떨어졌다.

"뭐야."

눈 오리를 만들어 놨다더니, 어제보다 존재감이 줄어든 눈사람과 이시온이 곰이라고 생각한 내 눈 고양이뿐이었다. 나는 장갑을 끼고 고양이의 몸통을 다듬었다. 귀는 더욱 뾰족하게, 꼬리는 더욱 길게, 얼굴은 더 통통하게. 겨울 햇살이 스며든 눈은 모래처럼 버석거렸다.

"이젠 고양이 같지?"

답장을 할 수 있는 것도 아닌데, 나는 나중에 올 시온을 향해 이렇게 말했다. 그때 원래 풀숲이었던 벤치 뒤가 눈에 들어왔다. 눈으로 덮인 나무 아래 부서지고 꺾인 나뭇가지가 보였다. 나는 나뭇가지를 가져와서 벤치 앞 눈길 위에 그림을 그렸다. 끝이 뾰족한 나뭇가지는 붓처럼 생겼다. 영이었다면 이 나뭇가지를 집에 가져가 '가지가지'라던가 '나붓가지'라는 이름을 짓고 아빠에게 보여 주었을 거다. 그러면 아빠는 웃고, 영과 나뭇가지 사진을 찍고……. 아빠가 마지막으로 웃었던 게 언제였는지 기억나지 않았다.

나는 고개를 들어 병동을 바라보았다. 다닥다닥 붙은 창문들 중에서 지금 여기를 바라보고 있는 환자가 있을까. 나는 '배영' 하고 부르는 내 모습을 상상했다. 상상 속에서는 영이 '왜에!' 하며 짜증을 낸다. 상상 속의 영은 아직도 어린 내 동생이다.

고개를 숙인 채 걸어온 길의 반대로 걸었다. 등받이가 있는 벤치들은 비교적 눈이 덜 쌓였다. 완전하지 못한 사물이 더 많은 눈을 이고 있다는 점이 쓸쓸하다. 벤치 위로 눈송이가 보였다. 이제는 오른쪽 시야를 떠도는 한 점이 된 것 같다. 이 눈송이는 어떤 조건에 따라 움직이고 있는 걸까. 나타났다 사라졌다 다시 나타나는 이유는 뭘까.

걸음 끝에 육교가 나왔다. 그냥 돌아서 갈까, 생각하는데 난간 위에 동그란 눈들이 쪼르르 뭉쳐 있는 게 보였다. 나는 신발에 묻은 눈을 털고 계단을 성큼 올라갔다. 한 칸씩 올라갈 때마다 난간 위의 눈들이 가까워졌다. 그건 눈오리였다. 다리 위에는 투명한 지붕이 있어 눈을 막아 주고 있었다. 다만 눈을 지나온 사람의 발자국만이 찍혀 있었다. 흰 눈이 묻은 발자국은 일정한 보폭으로 반대편 계단을 향해 나 있었다.

나는 발자국 속에 내 발자국을 포개며 따라 걸었다. 발자국은 나보다 조금 더 길고 폭이 좁았다. 누군가의 발자국 속에 발을 넣어 보는 건 처음이었다. 내 오른쪽 눈은 x에게서 왔고 x는 y에게 하늘을 알려 주었다. 이 발자국은 y의 것일지도 모른다. 그렇게 생각하자 몸의 감각이 들떴다. 발자국은 육교를 건너 있는 아파트 단지에서 끊겼다. 나는 발자국이 끝난 곳에서 고개를 들었다. 아늑한 불빛이 새어 나오는 창문들이 보였다. y, 이시온의 집으로 추정되는 곳을 알아낸 것 같았다. 두 점의 거리가 좁혀진 기분이었다. 과연 몇 층이 형제의 집일까, 창문에 전구로 트리를 만들어 놓은 집일까? 밤이 됐는데도 불이 꺼져 있는 집일까? 흰 커튼을 쳐 둔 집일까? 나는 고개를 들어 하늘을 보았다. 아파트 지붕 위를 멀리 날아가는 비행기가 보였다. 보이지 않는 공기에 마찰을 일으키며 날아가는 비행기. 비행기는 고도를 높이며 구름 속으로 들어갔다.

집으로 돌아가는 길, 편의점에 들러 눈 오리 집게를 샀다. 눈이 내려서 누군가 육교를 건너 벤치로 와 주기를 바라면서. 길가의 버스가 물속을 나아가듯이 느리게 움직였다.

영은 올해 열세 살이다.

12월 14일

제목: 흔적

엄마가 나보고 고민이 있냐고 물었어

새벽이 넘어서야 잠드는 걸 알고 있었던 거야

나는 고등학교에 가는 게 걱정된다고 말했어

내가 잘할 수 있을까? 애들과 어울릴 수 있을까?

엄마는 잘하지 않아도 된다고 말해 줬어

내가 하고 싶은 게 무엇인지

어떤 친구를 만나고 싶은지 먼저 생각해 보래

엄마가 그렇게 말해 주는 게 나는 좋아

형도 그렇지?

오랜만에 엄마와 산책을 했어

내게 팔짱을 끼도록 내버려두고 말야

그거 하나로도 엄마는 행복하대

엄마를 상가에 데려다주고 돌아오는 길에 벤치에 들렀는데

눈사람 옆에는 눈 고양이가 앉아 있었어

분명히 고양이였어

누군가 곰을 고양이로 만든 걸까? 생각해 보는데

눈이 덮인 땅 위에 그림이 그려져 있었어

그건 커다란 뭉게구름 같았어

아닌 것을 알지만 진짜 형이 다녀간 건 아닐까

하늘에서 이 자국을 낸 건 아닐까

뜬구름 잡는 소리지?

이런 생각을 했다는 게 나도 놀라워

하지만 혼자 노는데 놀랄 일이 생겼다는 게 좀 기쁘다

우리는 늘 놀고 싶어 했잖아

병원에 온 산타에게 스케치북과 파스텔 연필을 받았을 때

형이 실망했던 게 기억나

형은 다른 걸 가지고 싶어 했잖아

그렇게 나는 오후 내내

형의 스케치북에

열기구를 타고 세계를 여행하는 형을 그렸지

그때 형이 준 선물을 가지고 있어

『해변의 카프카』

형이 사물함에 두고 조금씩 꺼내 읽던 책

나중에 형의 나이가 되면 읽어 보라고 했지

곳곳에 그어진 밑줄이 형이 내게 말을 거는 것만 같다

'모험을 떠나라 갈 수 있는 한 가장 멀리'

그게 형이 하고 싶은 말일까?

하늘이 점점 희미한 빛으로 번지고 있어

다시 눈이 내릴 건가 봐

한랭전선

 오늘 아침 올라온 시온의 편지에는 이영준이 좋아했다는 책이 있었다. 어떤 책일까. 이영준이 좋아한 이유가 무엇인지 알아보고 싶은 마음이 나를 붙잡았다. 나는 풀고 있던 근의 공식을 덮어 버렸다. 온라인 서점 사이트에 등록된 엄마 카드로 전자책의 결제 버튼을 누르고 바로 다운로드했다. 호기심은 불시에 찾아와서 나를 뒤흔든다. 내 이름과 같은 수학이 있다는 사실을 알았을 때도 그랬다. 같은 조 애들과 사회 숙제를 하기로 한 것도 잊어버리고 홀로 유리수에 빠져들었다. 거세게 찾아오는 질문은 내 가슴에 윤곽을 남긴다. 아빠가 원하는 사람이 되려면 풀던 문제로 돌아가야 했지만, 나는 돌아가지 않는다. 책의 첫 페이지를 펼쳤다.

창문으로 흰빛이 스며들고 있었다. 나는 의자를 밟고 일어서 창문을 열었다. 증기로 가득 찬 하늘이 하얗다. 방충망을 열자 기다렸다는 듯이 작은 눈송이들은 안으로 쏟아졌다. 나는 눈이 들어오도록 내버려뒀다. 얼굴을 내밀고 차가운 공기를 맞았다. 호스를 떼고 천천히 눈을 뜨는 x를 생각한다. 병실 창문을 통해서 언젠가 이 눈을 보았겠지. x는 눈처럼 아득한 이야기의 어디에 밑줄을 그었을까.

암전된 아이패드 위로 눈송이가 내렸다. 눈은 화면 위에 닿자마자 녹았다. 책을 다 읽느라 시간이 많이 흘러 있었다. 보충 수업을 빠트렸다.

그때 노크도 없이 방문이 열렸다.

"너⋯⋯ 유리야!"

나는 창문 앞에 선 채로 몸을 돌렸다. 아빠였다. 아빠는 창문을 거칠게 닫고 나를 잡았다.

"아, 왜 이래?"

나는 아빠에게서 벗어나면서 이렇게 말했다.

"'아, 왜 이래?' 지금 그게 아빠한테 할 말이야? 죽으려고 환장했어?"

"보충 수업 한 번 안 갔다고 죽어야 해? 나도 몰랐다고."

"뭐? 보충 수업도 안 갔어?"

나는 아이패드 위에 생긴 물기를 옷소매로 닦았다. 역시 괜히 말했다 싶은 생각이 들었다.

"도대체 요즘 왜 이래? 맨날 백 점만 맞던 애가 고1 앞두고?"

이 중요한 시기에, 동생은 여생을 혼수상태로 보내게 생겼는데, 머리를 쓸 수 있다는 걸 감사하게 생각해야지.

아빠의 반응에 질렸다.

"아빠는 내가 겨울 방학인데 친구는 안 만나는지 그런 건 안 궁금해?"

"지금 친구 만날 때가 아니잖아."

눈이 시큰거렸다. 안대 속에 습기가 찼다. 아빠는 창문에 잠금장치를 거느라 나를 보지 못하고 있었다.

"앞으로 내가 뭘 하고 싶은지 먼저 물어봐야 하는 거 아냐?"

아빠는 단호하게 '아니'라고 대답했다.

"대한민국 중고등학생 중에서 하고 싶은 걸 하고 사는 애가 몇 퍼센트나 되겠어. 하고 싶은 게 있기나 하고?"

나는 하고 싶은 게 뭔지 찾아보면 되는 것 아니냐는 소리를 장전했다.

"하고 싶은 걸 찾아보면 된다는 뜬구름 잡는 소리는 하지 마. 그런 시간은 우리한테는 없으니까."

하지만 아빠의 대답이 빨랐다.

나는 눈을 감았다 떠야 했다. 오른쪽 눈에 눈송이가 출현했기 때문이었다. 눈송이는 저번보다 자라 있었다. 이러다 내 방만큼도 커질 수 있을 것 같았다. 나는 코트를 집어 들고 방을 걸어 나갔다. 할머니가 서 있었다. 여전히 안대에 가려진 내 왼쪽 눈을 빤히 바라보면서.

"어디 가려고?"

뒤따라 나온 아빠가 물었다.

그러자 할머니는 아빠를 막아섰다.

"두라."

"뭘요."

"벌 그만 내리라."

아빠는 할머니더러 빠져 있으라고 했다. 둘이 싸울 것 같았다. 망설이고 있는데 할머니가 내게 어서 가 보라는 손짓을 보냈다.

나, 할머니, 눈, 냉기 속의 집.

집을 나왔다. 귀를 막고 엘리베이터 대신 계단을 선택해 내려갔다. 한 번에 두 칸씩. 위험하지만 빨리 멀어지는 쪽을 택했다. 일 층에 내려오자 유리 출입문 너머로 눈이 쏟아지고 있었다. 저 문을 나서면 눈은 벌떼처럼 내 코트에 달라붙을 것이다. 하지만 나는 하천의 벤치로 향해야만 했다. 수많은 눈송이들 중에 내 눈 속을 떠도는 단 하나의 눈송이를 유기하기 위해. 아빠는 나에게 벌을 내리고 나는 할머니에게 벌을 준다.

우리가 싫다.

꿈의 잔상

'하고 싶은 게 있기나 하고?'

아빠가 한 말이 머릿속을 떠다닌다. 눈발이 얼굴을 따갑게 빗나간다. 어디를 둘러보아도 시야가 어렴풋했다. 신경질 나는 것은 하고 싶은 게 진짜 없다는 점이었다. 의대에 지원하려는 것도 필요에 의해서다. 내가 바라는 것은 아니다. 그렇다고 내가 바라는 게 있지도 않다. 벤치를 향해 걸으면서도 나아가는 게 아니라 뒤로 밀려나는 기분이 들었다. 이영준이 하고 싶었던 건 무엇이었을까. 꿈은 있었을까. 저녁 불빛이 켜진 병동은 가로등을 대신해서 하천 산책로를 비춰 주고 있다. 나는 코트 주머니에서 손을 빼고 불 켜진 병동의 층수를 헤아려 봤다. 총 이십이 층이었다. 하늘을 보기 좋은 층수는 아파트 십오 층 이상이라는 과학 선생님의 말을 기억한다. 아파트보다 병실의 층고가 높으니까 이영준은 병동 십삼 층 이상에 입원해 있었을 것이다. 그게 맞다면 오늘 같은 날에는 한 치 앞이 보이지 않았을 거다. 보이지 않는 하늘을 응시하며 무슨 생각을 했을까? 카프카처럼 체구만 한 배낭을 메고 지도의 끝으로 떠나고 싶었을까. 그랬을지도 모른다. 이영준은 뜬구름이니까.

'뜬구름 잡는 소리는 하지 마. 그런 시간은 우리한테는 없으니까'.

상상 속에 아빠의 목소리가 침범한다. 어떤 꿈은 이루시 못한 채 꿈으로 남는다. 나는 코트를 여몄다. 코트 주머니 속에 넣어 둔 오리 집게가 느껴졌다. 나는 맨손으로 벤치 밑에 쌓인 눈을 만졌다. 오늘 내린 눈은 결정이 가늘고 얇았다. 가루눈은 쉽게 부서지므로 팔에 단단히 힘을 주어야 했다. 나는 허리를 숙이고 눈길 위에 눈 오리들을 만들기 시작했다.

시온은 알까?

한랭전선처럼 나를 파고드는 생각을 쫓아내기 위해 눈오리를 잔뜩 만들리라는 것을. 내 의지대로 바꿀 수 있는 건 성적이나 대학이 아니라 단지 눈이라는 걸.

❄

새하얗다. 눈에 보이는 모든 것이 희다. 여기가 어디지, 하고 말해 봤지만 내 목소리는 들리지 않는다. 저 앞에 누군가 보인다. 너 왜 머리카락이 하나도 없어? 하고 나는 묻는다. 옷도 입지 않았다. 너 왜 옷이 없어? 하고 물어도 내 목소리는 나오지 않는다. 둘 사이에 투명한 구체가 나타나 희미하게 반짝인다. 구체는 흰 배경을 가로지르며 날아다니다가 이윽고 누군가를 삼킨다. 구체는 눈 덩어리처럼 커진다. 구체를 가만히 바라본다. 내 눈길은 구체를 향해 선을 남긴다. 잡아당겨 봐, 잡아당겨. 내 목소리는 안에서만 울린다. 나는 발이 있지만 걸어서 그 애에게 가지 못한다. 숨이 막힌다. 힘겹다.

새벽에 눈을 떴을 때 꿈속에서 본 구체의 잔상이 방 안의 형광등 밑에서 녹색 띠를 남기며 떠돌고 있었다. 나는 침대 위에 누워서 손을 뻗었다. 맨손으로 눈 오리를 만들다 와서 손등이 터져 있었다. 나는 머리맡에 둔 약봉지를 손으로 집었다. 파란색 항생제에 적힌 코드를 핸드폰으로 검색해 봤다. 안구의 염증 수치를 낮추고 안압을 조절하는 신약이었다. 약의 대표 부작용으로는 메스꺼움, 집중력 저하, 수면 유발이 있고 이 약을 임상 실험한 사람 중 오 퍼센트가 악몽 또는 반복적으로 환몽을 꾸었다고 나와 있다. 몇 명이 임상 실험에 참가했는지는 표기되어 있지 않았다. 그러니까 미지수 전체값의 오 퍼센트에 해당되는 부작용이 내게 일어난 거다. 만약 비슷한 성질의 항생제를 영도 투약받고 있다면 영은 어떤 의식 속에 놓여 있을까. 천둥과 번개를 무서워하는 아이인데.

눈꺼풀이 다시 무거워졌다.

12월 15일
제목: 형

벤치에 왔는데 누가 눈 오리를 잔뜩 만들어 놓았어

녹고 있는 눈을 뭉쳐서

오십 마리나 되는 눈 오리를 만든 사람은 누구일까

나랑 같은 캔커피를 마시고 눈사람을 만들고

구름을 그려 놓은 사람일까?

기다려 봤지만 아무도 나타나지 않았어

집으로 돌아와 저녁을 먹고 창문을 열었는데

깜깜해진 하늘에 눈이 내리기 시작한다

병원의 크리스마스트리 점등식 날

밤하늘에서 눈이 떨어지는 순간을 형과 함께 보았지

우리는 침대에 나란히 앉아서

수많은 눈송이가 동시에 불이 켜지는 알전구들처럼

밤을 하얗게 수놓는 걸 봤어

나는 기적을 믿지 못했잖아

내가 나을 수 있다거나

올 크리스마스에는 아빠가 병문안 올 거라는 거

수술 전날 같이 농담도 하고 웃기도 했던 한나가

다시는 입원실로 돌아오지 못했을 때부터 말야

그런데 그 순간만큼은 기적 같았어

형은 더는 어둠을 무서워하지 말라고 말해 줬지

어둠 속이라서 이렇게 하얗게 빛날 수 있다고

형이 하는 이야기는 가끔은 알아들을 수 없었지만

나는 그때부터 형을 동경했다

알고 있어?

알고 있을까……

눈사람 같은 일

아침에 일어나 보니 엄마가 오사카 비행을 마치고 왔다는 문자가 들어와 있었다. 면세점에서 말차쿠키와 초콜릿을 잔뜩 사 왔으니 엄마 집으로 오라는 미끼와 함께. 나는 왼쪽 눈에 안약을 넣고 새 안대로 갈아 끼운 다음 패딩을 입고 집을 나왔다. 날씨 어플이 어제보다 기온이 삼 도 내려갔다고 알려줬다. 체감 온도는 그보다 더 낮기 때문에 올겨울 첫 한파였다. 엘리베이터를 타고 일 층으로 내려오자 유리 출입문에 김이 서려 있었다. 내가 다가서자 얼음을 가는 듯한 소리를 내며 문이 열렸다. 패딩 모자를 뒤집어쓰고 밖으로 나갔다. 5년 전만 해도 나는 추위를 질색하는 아이였다. 겨울이 오면 책상 밑에 난로를 틀어 놓고 자기 전에는 침대 속에 핫팩을 넣어 두고는 했다. 하지만 화재 이후 난로는 아빠가 내다 버렸고, 핫팩처럼 뜨거운 게 내 몸에 닿으면 구역질이 나온다. 구름이 몰려들고, 하늘이 흐리고, 습도가 높아지면서 비나 눈이 내리는 날이 편안하다. 한겨울에 남쪽으로 피란을 오며 '두개골이 갈라지는 추위'를 느껴 본 적 있다는 할머니는 혹한이 상대적이지 않고 절대적이라고 믿고 있었다. 세상 어딘가에는 내가 있는 세상보다 절대적으로 혹독한 세계가 있다는 것. 그곳에는 풀 한 포기도 자라지 않고 새 한 마리도 날아다니지 않는다. 끝없이 적막하다. 그렇게 생각하면 이 냉기가 견딜 만하다.

아파트 단지를 빠져나와서 마을버스를 타고 엄마 집으로 향했다. 엄마 집은 H대학병원 후문에 있는 고층 오피스텔이다. 주로 장기 입원 환자의 보호자나 항암 치료를 받는 지방 환자들이 살고 있다. 이 오피스텔의 장점은 병원이 가깝다는 것이고 단점은 통유리창으로 통합 병동이 보인다는 것이다. H대학병원의 통합 병동에는 소아 환자, 중환자, 3년 이상 입원 중인 장기 입원 환자들이 층별로 구획되어 있다. 엄마는 이 커다란 병원에서 나와 영이 차례대로 중환자, 소아 환자, 장기 입원 환자가 되어 가는 걸 지켜봤다. 엄마에게 공항 근처로 이사 가라고 이야기한 적도 있지만, 멀리 가지 못하는 것은 엄마의 부채감 때문이었다.

"황태국 먹을래?"

다림질을 기다리는 유니폼 옆으로 각종 즉석 국밥과 밀키트가 쌓여 있었다. 나는 니은자 모양의 식탁에 몸을 기대며 고개를 끄덕였다. 엄마가 전기포트에 물을 데웠다.

"왜 옷 수납장에 먹을 걸 넣어 놔?"

엄마는 옷을 넣는 붙박이장에 즉석식품과 통조림을 넣어 놨다. 허리가 아파서 두들기자 엄마는 바퀴 달린 의자를 내 쪽으로 밀었다. 등받이가 없는 의자였다.

"평상복보다 유니폼 입는 날이 더 많은데 옷을 사다 보관할 게 뭐 있대? 아무거나 넣으면 그게 수납장이지 뭐."

즉석 국밥에 뜨거운 물을 부으며 엄마가 쿨하게 말했다. 엄마는 원래도 정리정돈을 잘 못했다. 기내에서 손님들의 짐과 갤리를 정리하는 것만으로도 손목이 나갈 지경이라고 했다. 그런 이유로 집 청소와 정돈은 항상 아빠의 몫이었다. 아빠는 결혼 전에 공군으로 오래 복무했기 때문에 정리가 몸에 밴 사람이었다. 아빠가 영의 간병을 자처한 것도 엄마보다 더 잘할 수 있어서였다. 환자를 돌볼 때는 2차 감염이 되지 않도록 신경 쓰는 게 가장 중요하다. 장기 입원 환자라면 더더욱. 병실을 청결하게 유지하고 석션으로 가래를 뽑아 주고 배변 활동이 잘 되도록 마사지를 해 주는 일에는 사랑보다 기술이 필요하다고, 아빠는 말했다.

"아무리 생각해도 이해가 안 돼."

나는 머리를 아무렇게나 묶은 엄마를 보고 말했다. 엄마는 항공사 로고가 박힌 스푼을 건네며 뭐가?라고 물었다.

"아빠랑 엄마랑 공통점이 하나도 없는데. 둘이 어떻게 나를 낳은 거야?"

엄마가 물 먹다 체한 사람처럼 기침을 했다. 나는 탄생 비화를 듣고 싶은 게 아니라 두 사람의 결혼 이유가 궁금했다. 하지만 이혼한 두 사람에게 사랑이라는 단어를 쓰기에는 거북했다.

"왜 갑자기 그게 궁금하대?"

엄마는 후드티 소매를 당겨 무심하게 뚜껑을 열었다. 즉석 국밥에서 열기가 훅 끼쳤다. 일회용 컵에 담긴 국밥일 뿐이었지만 노란 국물 속에 황태와 무가 둥둥 떠 있었다. 요리의 '킥'이라며 냉동실에서 대파를 꺼낸 엄마가 가위로 파를 툭툭 잘랐다.

"카트만두가 문제였지."

가위에 붙은 파를 떼어 내며 엄마는 말했다.

엄마가 객실 부사무장이고 아빠가 부기장였을 때, 엄마는 카트만두로 비행을 갔다. 해마다 10월이면 히말라야에 가려는 산악인들로 그날도 250석이 넘는 기내는 꽉 찼다. 카트만두에 도착한 엄마는 현지에서 며칠 대기하는 스케줄이어서 바로 숙소로 향했다. 아빠는 그때 쿠알라룸푸르에서 대기 중이었는데, 카트만두에 도착한 비행기에 문제가 발생했다는 보고를 받았다. 아빠가 모는 비행기가 카트만두와 가장 가까운 거리에 있었기 때문에 대체 귀국기로 선정이 됐다. 그렇게 아빠가 모는 보잉기는 벵골만을 건너 서남아시아의 구릉 지대를 지나 카트만두의 활주로에 착륙했다.

"우린 한 번도 같은 크루가 된 적이 없어서 그날 처음 서로를 본 거야. 이틀 뒤 귀국 스케줄인데 갑자기 네팔 전역에 돌풍이 불어닥쳤어."

나는 엄마의 이야기를 들으며 컵 속에 담긴 황태국을 후 불었다. 엄마가 말하는 돌풍은 인도양에서 불어오는 거대한 바람, 몬순이었다. 지구과학 팟캐스트를 들은 덕분에 알고 있었다.

"승무원들, 기장들 전부 숙소에 발이 묶였지. 챙겨 간 옷도 바닥나고, 상점들은 문을 다 닫고. 그때 너희 아빠가 찾아와서 뜬금없이 네팔 전통 의상을 건네는 거야?"

어릴 때 엄마 옷을 입고 놀았던 기억이 났다. 붉은색 천 위에 금박 무늬가 있는 드레스. 아빠는 엄마에게 말 걸기 위해 몬순을 뚫고 한국에는 없는 옷을 구해 왔다. 고도가 높은 곳에 사는 미인들이 즐겨 입는 옷이라고, 아빠가 말했다.

"숙소에서 어떻게 그런 걸 입어. 막 웃으니까 은이가 '그럼 이 옷이 어울리는 장소에 같이 가시죠'라고 하는 거야."

엄마가 아빠의 말투를 따라 했다. 비행기가 결항될 정도로 바람이 부는데 나가자니. 이십대 후반이었던 엄마는 오기가 났다고 했다. 1,300미터 고도의 새벽은 차갑고 바람은 거세고 네팔 미인이 입는 옷은 목과 허리에 칭칭 감겼다. 아빠는 점퍼를 벗어 엄마를 감싸고 어딘지도 모르는 길을 걸었다. 오르막길에서 바람은 잦아들었고 모퉁이를 돌자 목조 건물이 나왔다. 영업 안 한다던 주인장은 엄마가 입은 드레스를 보더니 카페 문을 열어 주었다. 설산이 보이는 테라스에 앉아서 아빠랑 엄마는 뜨거운 차를 마셨다. 얼굴은 엉망이었고 차 맛도 이상하고 둘은 웃음이 터졌다. 해가 떠오르고 몬순은 온순해지고 주위에는 아무도 없었다. 둘뿐이었다.

"기묘했던 건, 각자 다음 카트만두 비행 때 찾아가 보려고 했는데 도무지 어디가 어딘지 모르겠는 거야. 결론은 그 카페가 진짜 있었는지도 모르겠어. 희한하지?"

엄마가 천진한 목소리로 말했다. 황태국이 알맞게 식어 있었다. 나는 하늘색 숟가락으로 국물을 떠먹었다. 숟가락 끝에 그려진 비행기는 에베레스트를 넘어가 봤을까. 세상에서 가장 높은 설산. 시온이 생각났다.

"엄마, 나 최근에 알게 된 남자애가 있어."

"정말? 어떤 앤데? 어떻게 알게 됐는데?"

"그날 때문에."

❄

5년 전, 할머니가 영을 들쳐 안고 나간 후 나는 연기 속에 남아 있었다. 체감상 한 시간도 넘은 것 같았는데 엄마 얘기로는 일 분도 안 돼서 소방관이 구조했다고 했다. 나는 앰뷸런스 안에서 응급 산소 처치를 받았고 곧바로 대학병원 응급실로 보내졌다. 비록 한쪽 눈을 잃었지만 폐와 뇌 기능을 회복할 수 있었던 것은 골든타임을 놓치지 않았기 때문이었다. 하지만 영은 나보다 더 늦게 병원에 도착했다. 골든타임을 놓친 후였다. 영의 의식이 돌아오지 않은 지 사흘째 되던 날 영은 '질식으로 인한 저산소성 뇌 손상' 판정을 받았다.

"더 늦게 도착한 이유는 아직 모르고?"

평소 할머니와 세 마디 이상 나누지 못하는 건 엄마도 마찬가지였다. 아빠와 비행 스케줄이 겹칠 때면 엄마는 할머니에게 우리를 맡길 수밖에 없었다. 내가 보는 데서 할머니가 엄마에게 함부로 한 적은 없었지만 엄마 표현대로 할머니는 존재만으로 그냥 무서운 사람이었다.

"아빠는 알지 않을까. 할머니에 대해서 모든 걸 알고 있는 유일한 사람이잖아."

"다 말하는데 그 얘기에만 입을 꾹 닫아."

엄마가 포기한 사람처럼 말했다.

맞다. 우리 아빠는 모든 걸 엄마에게 이야기하는 사람이었다. 오늘 비행은 어떻고, 베를린의 날씨는 어떻고, 식당에서 뭘 먹는지 찍어서 엄마에게 보고하고는 했다. 엄마는 그러든가 말든가 하나도 신경 쓰지 않았는데 아빠는 그것마저도 엄마의 좋은 점이라고 하곤 했다.

"그 부분은 좀 아빠답지 않네."

내가 이렇게 말하자 엄마가 숨을 크게 내쉬었다. 나랑 아빠가 싸운 것을 알고 있다며. 아빠한테 너무 그러지 마, 엄마가 목소리를 낮춰 말했다.

"아빠는 지금 난기류 속에서 레버를 잡고 버티고 있는 거야. 우리를 무사히 착륙시키기 위해서."

엄마는 황태국을 반이나 남겼다.

나는 말차쿠키와 초콜릿을 받아서 엄마 집을 나왔다. 학원을 가야 하는데, 버스는 타기 싫었다. 하천을 끼고 인도를 걸었다. 황태국 한 그릇을 다 먹어도 몸이 춥다. 안대를 써도 왼쪽 안구는 시리다. 나는 멈춰서 하천을 내려다봤다. 오른쪽 눈의 눈송이가 잠잠했다. 아직 자나? 핸드폰을 켜서 편지 사이트에 들어갔다.

10973번째 편지, 기증자 유민아. 추모자는 민아 엄마. 제목은 잘 지내고 있지?

10972번째 편지, 기증자 소용성. 추모자는 못난이. 제목은 하늘도 아나 봐 자기야

10971번째 편지, 기증자 민수혁. 추모자는 아버지. 한파도 눈물을 멈추게 할 수는……

10970번째 편지, 기증자 이영준. 추모자 이시온.

나는 '형'으로 시작하는 시온의 편지를 클릭했다.

눈이 부시도록 흰 하천을 향해 편지를 낭독했다.

"나는 기적을 믿지 못했잖아……."

나을 수 있다거나

올 크리스마스에는 아빠가 **병문안** 올 거라는 거

  추워서 입술이 떨렸다. 손가락이 시렸다. 하지만 나 말고 단 한 명이라도 좋으니, 하천에 부는 바람이라도 좋으니, 무언가 시온의 마음을 알아줬으면 좋겠다고 생각했다. 나는 낭독을 멈추고 하늘을 봤다.

  등받이 없는 벤치를 향해 달려갔다. 도로 위에 제설차가 다녔다. 오른쪽 눈에 눈송이가 나타났다. 시온의 편지를 보고 하천에 가서 눈사람을 꾸몄을 때, 눈 고양이를 만들었을 때, 캔커피를 두고 왔을 때, 이게 잘하는 짓인지 도무지 알 수 없었다. 그냥 '지루한 겨울 방학에 눈사람 같은 일이라도' 만들어 주고 싶었다. 그 마음은, 그러니까 실은 미안한 마음이었다. 나의 행운이 누군가에게는 불행이라는 것. 그건 내게도 아픔이니까.

  "이시온, 기다려."

그러나 지금은 다르다. 내게 눈을 기증하고 세상을 떠난 이영준의 동생이 아니라, 한 명의 시온에게. 같은 병실의 한나가 수술실에서 돌아오지 않아 신을 믿지 못하고, 의지했던 뜬구름 형이 크리스마스이브에 뇌사에 빠져 산타를 믿지 못하는, 기적과 행운은 다른 이의 희생이라는 걸 아는 시온을 향해서. 영하의 바람을 맞으며 그동안의 편지가 머릿속에 영화 자막처럼 펼쳐졌다. 시온은 보호자가 아니라 당사자였던 거다.

제설차 소리는 점점 멀어졌다. 나는 하천으로 이어진 계단을 내려갔다. 눈은 말 걸어 주길 기다리는 아이처럼 하얀 형태를 그대로 드러내고 있었다. 말을 나눈 적 없어도, 친하지 않아도, 나는 그 아이를 이해할 수 있다.

벤치 위의 눈사람에 눈이 내려 모습이 바뀌고 있었다. 눈 고양이와 눈 오리들은 머리 위에 눈 모자를 하나씩 쓰고 있었다. 나는 어떤 일이 벌어지고 있는지 알 수 없는 병동을 올려다봤다. 밖에서는 안이 보이지 않지만 안에서는 여기가 보일 것이다. 퇴원하면 입고 싶은 옷을 구경하거나 하지 않으면서, 어디를 가고 싶은지 꿈꾸거나 꿈꾸지 않으면서 이곳을 볼 것이다. 영이 바깥의 풍경을 볼 수 있었다면 어떤 상상을 했을까. 영은 똑똑한 아이니까 눈을 감고도 파도를 타고 하늘을 날지도 모른다.

학원에서 모의 평가에 입실하라는 문자가 왔다. 나는 핸드폰을 끄고 포스트잇 위에 사인펜으로 병동의 그림을 그렸다. 창문에 붙어 입김을 불어 넣고 그 위에다 그림을 그렸을 이영준과 이시온을 떠올리면서.

"기적 같은 순간은 만들 수 있지."

나는 벤치의 빈 공간에 눈을 털고 포스트잇을 붙였다. 눈사람과 눈 고양이 사이. 시온이 다시 올 때까지 포스트잇이 붙어 있을까?

미분과 적분

집으로 돌아와 편지 사이트에 들어갔다. 내가 놓친 게 있을지도 몰랐다. 나는 검색어에 이영준을 넣고 설정을 1년에서 5년까지로 변경했다. 스크롤이 3년 전으로 넘어가자 이시온이 쓴 최초의 편지가 등장했다. '안녕?'이라는 제목의 편지를 열어 보았다.

옆 침대에 입원해 있었던 시온이야
엄마가 이런 사이트가 있다는 걸 알려 주었어
이렇게 편지를 쓸 수 있는 공간이 있어서 다행이다
초등학교에서의 마지막 숙제가 있거든

그게 뭐냐면 '졸업식 초대장 만들기'야

사실은 아빠한테 보내고 싶었는데

집 주소도 모르고 이메일 주소도 몰라

이모가 아빠는 남극에서 빙하를 연구 중이기 때문에

올 수도 없고 연락도 안 되는 거래

하지만 남극 기지에서도 가족들과 영상 통화하는

대원들의 모습을 방송에서 봤어

하루 종일 이모 말에 대답도 안 하고

눈도 마주치지 않았어

사실은 이모가 아니라 아빠에게 화가 난 거였는데 말이야

엄마는 이모가 날 위해 하얀 거짓말을 한 거래

그러면서 나를 데리고 천문대에 갔어

천문대에서 보는 밤하늘은

어른들이 잠들면 커튼 속에서 몰래 훔쳐보았던 밤하늘과 달랐어

별이 녹지 않는 눈송이처럼 밤하늘에 콕콕 박혀 있었어

망원경으로 하늘을 보는데

형이 나에게 들려준 이야기들이 하나씩 떠오르는 거야

진짜 신기했어

아팠던 것만 생각하다가 천문대에 다녀오고 나서부터

형에 대한 기억이 은하수처럼 펼쳐졌어

형은 내가 아는 사람 중에서 가장 특이하고 특별했어

중학교는 어떤 세상인지 형한테 들으면 좋을 텐데 말야

아 이모가 떡볶이 먹으러 나오래!

또 편지 쓸게

초등학교 6학년인 시온의 글을 보는데 자꾸 웃음이 났다. 친형이 아니었구나. 이영준과 같은 병실을 썼다는 작은 아이. 숙제를 열심히 하고, 화가 나면 말도 안 하고 눈도 마주치지 않지만 떡볶이를 먹으러 나가는 이시온. 우리가 같은 학교였더라면, 그래서 기적처럼 친구가 됐었더라면 나에게도 추억이라는 게 쌓였을까. 나는 초등학교 졸업 앨범을 꺼냈다.

학교 정원에 모여 있는 아이들 사이에 졸업 사진을 찍지 못한 나는 없다. 그즈음 영의 간수치가 높아져 위태로운 상황이었다. 졸업 사진을 찍자고 머리를 다듬거나 옷을 고를 여유가 없었다. 병원에는 항상 아빠나 엄마가 있었으므로 나는 학교에 가도 됐지만 그러지 않았다. 나는 집에서 공부를 했다. 소아응급의학과 의사라는 꿈을 가졌기 때문에.

만약 나라면 졸업식에 누구를 초대하고 싶었을까.

H대학병원 통합병동 16층 6606호에 배영이 있다. 아이보리색 슬라이딩 도어를 열기만 해도 영을 만날 수 있다. 그런데 아직 한 번도 영을 보러 가지 않았다.

"바보 같네."

오른쪽 눈의 눈송이는 처음 나타난 것처럼 반짝거렸다.

나는 뜨거워지는 시야에 안약을 넣고 인강을 틀었다.

"적분은 미분의 반대 연산이니까요, 고로 '잘게 나눈 것을 모으는 일'이 되죠? 한마디로 '구'를 조각조각 잘게 나누는 게 미분이고, 잘게 나눠진 조각을 다시 '구'로 모으는 게 적분인 거죠. 명료하죠?"

웃음소리가 들렸다.

차고 날카로운 결정이 눈을 찌르는 것 같았다.

❈

오후 내내 한자리에서 미적분 문제를 풀었다. 하지만 여섯 시간 동안 고작 열여덟 문제에 지나지 않았다. 360분 동안 중간 난도의 적분을 열여덟 개 푸는 학생은 의대에 갈 수 없다. 턱없다. 열여덟, 이영준의 나이. 열여덟, 내가 될 나이. 열여덟, 그러나 결국 실패.

나는 눈을 질끈 감았다. 잠이 올까 봐 약을 먹지 않았더니 안대를 쓴 왼쪽 눈이 수시로 아팠다.

"유리야, 밥 먹고 해."

방문 앞에서 아빠의 목소리가 들렸다. 눈이 번쩍 떠졌다. 부엌으로 가자 아빠기 시 온 김밥이 놓여 있었다. 겨울의 김밥은 서늘해서 싫은데.

"어디서 사 왔어?"

그렇지만 햄버거나 샌드위치보다는 나았다. 나는 매운 어묵에 묵은지가 들어가 있는 김밥을 한입 베어 물었다. 밥알이 미지근했다.

"병원."

아빠는 전기포트에 물을 데웠다.

"미적분I 인강으로 선행 빼는 중."

묵은지의 신맛과 어묵의 매콤함이 입속을 치고 들어왔다. 물만 부으면 완성되는 된장국을 건네며 아빠가 고개를 끄덕였다. 싸우고 집을 나가고, 보충 수업도 안 가고, 주간 모의고사도 빠지고, 지금은 공부 이야기를 하는데 반응이 이렇다고? 이상했다.

"병원에서 무슨 일 있었어?"

"들어가서 하던 거 마저 해."

나는 먹던 김밥을 내려놨다. 된장국에서 흰 연기가 피어올랐다. 아빠랑 나는 동시에 연기를 바라보았다.

"무슨 일인데."

한숨을 내쉬고 나서 아빠가 말했다.

"2차 병원 이송 통보를 받았어."

김밥 상자 밑에 병원 봉투가 깔려 있었다. 나는 봉투를 열어 안에 적힌 서류를 확인했다. 영의 입원 날짜와 '지속 식물인간상태(Persistent Vegetative State)' 판정을 받은 날이 명시되어 있었다. 그 뒤에 굵은 글씨로 쓰인 '상급 종합 기관에서의…… 치료 종결'이라는 문장이 보였다.
"이제는 회복 가능성이 미지수에 가까워졌다고."

 패딩을 들고 집을 뛰쳐나갔다. 깜깜했다. 거리에 가로등이 꺼져 있었다. 핸드폰도 두고 나와 불빛을 켤 수 없었다. 나는 감에 의지해 제설차가 지나간 도로 위를 건너고, 무섭게 언 눈길을 발로 찍어 누르며 하천으로 향했다. 하천은 암흑 속이었다. 그러나 고개를 조금만 돌려도 병동이 보였다. 유일한 희망처럼 불빛이 새어 나왔다. 병동의 불빛에 의지해 등받이 없는 벤치로 갔다. 눈 오리들이 그대로 줄지어 있었다. 영이 평범한 열세 살이었다면 눈 오리를 무척 좋아했을 거다. 요즘처럼 눈이 많이 내리는 날에는 매일 하천에 가서 눈사람을 만들자고 나를 귀찮게 했을지도 모른다. 하지만 배영은 눈과 겨울을 볼 수 없다. 세상은 마치 아무 일 없다는 듯 평온한 하얀색이다. 참을 수가 없어서 두 손으로 눈사람을 부쉈다. 파란색 포스트잇 위로 눈들이 무너져 내렸다. 눈 오리들을 짓밟고 눈을 던졌다. 단단하게 언 눈들이 벤치에 부딪히면서 내게 되

돌아왔다. 잔인하게. 눈은 부서지면서도 몸과 신발에 물얼룩을 남겼다. 미지수가 싫다.

❄

12월 16일

제목: 없음

너 누구야?

3부

너에게로 가는 가속도

네가 바라던 사람

꿈에 x가 나타나지 않았다.

머리맡에 둔 핸드폰으로 시간을 확인했다. 여섯 시 사십 분이었다. 늦은 밤 집으로 돌아와 거실 소파에 쓰러지듯 잠이 들었는데 눈을 떠 보니 이불을 덮고 있었다. 나는 이불 속에서 엄마에게 온 문자를 확인했다.

> 애틀랜타로 3박 5일 스케줄이야
> 다녀오면 4일 동안 오프니까 내내 같이 있자, 사랑해!

나는 엄마가 탄 항공기명을 검색했다. 보잉사에서 만든 첨단 기종 드림라이너였다. 보잉사의 홈페이지에서 3D

입체 화면으로 드림라이너의 내부를 들여다보았다. 블라인드가 사라진 창문은 비행 중에 밤이 되자 저절로 빛의 양을 조절하는 기술을 선보였다. 버튼을 누르면 기내의 창은 하늘색에서 어두워지다가 보라색으로 물들고 그러다 차츰 깜깜해졌다. 드림라이너의 항속 거리를 클릭해 보았다. 오세아니아에서 서아시아를 지나 베를린까지 갈 수 있는 거리였다. 내가 만약 크리스마스 선물을 받을 수 있는 상황이라면 아빠에게 이 비행기의 레고를 사 달라고 할 것이다. 꿈이지만.

"깼니?"

아빠가 방에서 나오며 물었다. 한숨도 못 잔 얼굴이었다. 나는 이불을 걷었다.

"유진이한테 말 안 했어?"

문자를 보니까 엄마는 상황을 전혀 모르는 것 같았다. 내가 묻자 아빠가 한쪽 눈썹을 들어 올렸다. 하지 말라고 했는데도 엄마를 자꾸 '유진'으로 불러서였다. 하지만 나는 아빠에게 엄마를 엄마 이름으로 부르는 것을 좋아한다. 누가 그 이름을 좋아하기 때문에.

"스케줄 끝나면 알려야지. 너희 엄마, 동기들 다 퇴직했는데 혼자 시니어 승무원 돼서 고생한다. 비행 내내 초긴장 상태인데 마음의 짐까지 얹어서 보내야겠냐?"

나는 벌떡 일어났다. 전부 처음 듣는 얘기였고, 아빠가 이런 걸 알고 있다는 게 놀라웠다.

"아빠는 앞으로 어떡할 거야."

"뭐가."

거실의 백열등 아래서 아빠의 흰머리들이 덥수룩하게 보였다. 아빠도 나이가 들고 있었다.

"아빠 복항해야지."

나는 거실 선반 위에 놓인 귤을 하나 집어들며 말했다. 아빠는 내가 이런 말을 할 줄 예상하지 못했던 것 같다. 눈이 커졌다가 금세 서류 위로 시선을 떨어뜨렸다.

"비타민 챙겨."

나는 조각낸 귤을 아빠 앞에 내밀며 말했다. 아빠는 잠긴 듯한 목소리로 고맙다고 말했다.

무의식적으로 눈에 힘을 줬더니 통증이 시작됐다. 안대 쓴 눈을 감싸 쥐었다. 아빠는 차도가 없는지 물었다. 고개를 끄덕였다.

"외래를 다시 잡아 둘게. 참, 너 뭐 엄마한테 받아 온 거 없어? 너 안 먹을 거면 이따 간호 병동에 돌리게."

"맞다."

벤치에서 포스트잇과 사인펜을 꺼내다가 쿠키가 든 봉투를 내려놓았던 게 기억났다. 이른 시간이었지만 아빠에게 스터디카페를 가겠다고 말하고 가방을 메고 나왔다. 핸드폰 어플에 뜬 기온은 영상 2도, 길가에 눈이 녹고 있었다. 늦기 전에 영이 보러 오라는 말 대신 아빠는 '어제 빠진 모의고사 학원 가서 받아 오고 오늘 저녁에 집에서 풀어 보자'라고 했다. 아빠가 감독관을 하겠다고.

눈이 녹은 자리마다 검다. 신호등을 기다리며 발로 녹은 눈을 비벼 본다. 나는 하천에 다다라서 편지 사이트에 들어가 봤다. 맨 앞에 시온의 편지가 올라와 있었다. 제목은 '없음'이었다. 이번엔 뭐라고 썼을까. 벤치로 걸어가며 편지를 열었다.

너 누구야.

나는 발을 멈췄다. 벤치에 누군가 있었다. 그는 아이보리색 패딩에 검은색 니트 모자를 쓰고 다리를 꼬고 앉아 있었다. 그 옆으로 내가 놓고 간 말차쿠키와 초콜릿 봉투가 보였다. 나는 오른쪽 눈으로 그 사람의 얼굴을 천천히 살폈다. 모자에 눌린 갈색 머리칼이 이마를 덮고 있었다. 벤치에 가까이 다가가자 인기척을 느꼈는지 핸드폰을 보다 말고 고개를 들었다. 순간이었다. 작고 까만 눈동자가 나를 바라보았다. 이시온이 틀림없었다.

"저기,"

"미안."

시온을 향한 내 첫 마디는 사과였다.

이영준에게 온 오래된 편지 중에는 추모자 이류란에 아무것도 적혀 있지 않은 편지가 있었다. 제목은 '너를 보내고'였다. 편지 업로드 날짜가 4년 전인 편지에는 이렇게 적혀 있었다.

네가 떠난 지 딱 1년째 되는 오늘, 거리에 캐롤이 흐른다. 1년 전 너를 보내는 날에도 서울에 눈이 내렸지. 10년 만의 화이트크리스마스라고 사람들이 기뻐할 때 나는 폭설이 내려 수술이 미루어지기를 바라고 있었다. 그런데 그날 복도에서 어떤 부모를 봤어. 심장 수술을 하는지 아이의 가슴에 선명한 마커 자국이 있었는데, 아이는 겁을 먹지 않았어. 부모가 계속 장난을 쳤거든. 이제 아이언맨이 되는 거라는 말을 아이가 믿을지 지켜보고 있는데 수술실의 문이 닫히자마자 그들은 무너져 내렸다. 두 사람은 소리도 내지 못하고 울었어. 영준이 네가 이 광경을 봤다면 어떤 선택을 했을까. 담배를 한 대 피우고 들어와서 최종 동의를 했다. 크리스마스의 악몽이라는 기사가 나간 후 나를 만나는 모든 사람들이 좋은 일을 했다며 위로했지. 그런데 나는 가끔 그 순간을 후회해. 외면했더라면. 외면할 만큼 용기가 있었더라면. 나중에 만나면 이식을 받은 사람들은 잊어버리고 나를 원망해 줄래. 그게 내 유일한 크리스마스 소망이 됐어. 영준아, 이제 난 눈 오는 거 싫다.

　나는 다시 눈을 떴다.

"가방 문 열린 거 알려 드리려고 했는데, 왜 사과하세요?"

　떠나지 않은 시온이 앞에 와 있었다.

열여덟 살 이영준을 기억하는 아이. 잊지 않는 아이. 매일 하늘로 편지를 쓰는 아이. 우리는 결국 이렇게 만났다.

"……미안해."

"……뭐가요?"

시온은 나의 오른쪽 눈을 뚫어져라 보았다. 시온의 눈빛에 반사된 눈송이가 반짝거렸다. 눈송이의 빛은 순식간에 퍼져서 오른쪽 시야를 덮었다. 눈이 시렸다. 나는 눈을 감았다. 눈꺼풀이 눈송이를 밖으로 밀어냈다. 뜨겁게, 아프지만 찬란하게.

"이영준이 아니라서."

오래 자라 왔던 눈물이 볼을 타고 흘러내렸다. 흔들리는 배경 속에 시온의 눈이 함께 술렁이고 있었다.

비행 경로

 환했다. 영상의 기온이 하천을 밝혔다. 빠르게 녹는 산책로를 자전거 탄 사람이 지나가고, 눈들은 바퀴에 붙었다 떨어지며 사방에 흩날렸다. 뒤이어 걸어가는 사람의 통화하는 소리, 오랜만에 날아온 새가 벤치 위 나무에 숨어 지저귀는 소리가 들렸다.

 그러나 시온은 5년 전 크리스마스에 일어난 일을 듣고도 줄곧 말이 없었다.

 "이거, 네 거야?"

 시온은 쿠키가 든 초록색 봉투를 건넸다. 눈으로 잿더미가 된 벤치를 치우다가 발견했다고.

 시온은 중간까지는 우연이라고 생각했다고 한다. 그러

다 편지에 이영준이 고양이를 좋아했다는 걸 쓰고 나서 눈 고양이가 만들어진 것을 보고 의심하기 시작했다. 눈 오리 오십 마리를 보게 된 날에 조회 수를 확인해 보니 지난 3년 동안의 편지가 전부 1, 아니면 2나 3으로 바뀌어 있었다고.

"누군지 알고 싶어서 왔을 때 이걸 본 거야."

시온은 젖어서 형태가 누그러진 포스트잇을 주머니에서 꺼냈다.

"펜이 번져서 알아볼 순 없지만 나한테 보내는 거라고 확신했어."

나는 초콜릿 상자를 열었다.

시온에게 말차가루가 묻은 초콜릿을 건네며 얼어도 먹을 만할 거라고 그랬다. 시온이 응,이라고 대답했다. 나는 시온보다 먼저 입에 말차초콜릿을 넣었다. 초콜릿은 달고 개운한 얼음 같았다. 겨울에는 추위로부터 스스로를 지키기 위해 몸이 활동하기 때문에 밖에 있는 것만으로도 에너지가 소모된다. 해마다 12월이 되면 나는 허기가 두 배로 졌다.

"좀 비겁하다고 생각 안 해?"

초콜릿이 다 녹을 때쯤 시온이 물었다.

나는 일부러 초콜릿을 삼키지 않고 머뭇거렸다.

"그동안 너를 드러내지 않으면서 나를 지켜보고 있었던 거."

하지만 시온의 말은 나를 관통했다. 더는 시간을 끌 수 없었다.

"너를 즐겁게 하는 게 이영준을 위하는 거라고 생각했어."

시온은 곁눈질로 나를 보다가 하천을 향해 시선을 바꿨다. 나무에서 떨어진 눈가루들이 우리의 어깨 위로 떨어졌다. 시온이 물었다.

"계속 앉아 있으니 춥지 않아?"

나는 고개를 끄덕였다. 예상하지 못한 실수를 한 것 같아서 마음이 좁아들었다. 눈언저리부터 욱신거리기 시작했다.

"너 먼저 가. 난 육교보다 놀이터로 가는 게 빨라서."

"내 집도 알아?"

무심코 시온의 집 방향을 발설하고 말았다. 나도 모르

게 탄식이 나왔다. 시온이 고개를 돌리며 웃었다. 웃을 때 눈매가 반원으로 휘었다. 갑자기 민망함이 몰려왔다.

"네가 편지에 썼잖아, 육교를 건너왔다고!"

나는 시온에게 얼굴을 들키지 않기 위해 등을 돌렸다.

시온이 내 가방 지퍼를 잡았다.

"번호 좀 알려 줘."

❄

병원 앞에서 유부우동을 사 먹고 아빠에게 메시지를 보냈다. 로비에서 만나. 아빠에게서 십 분,이라는 짧은 대답이 돌아왔다. 로비 중앙에 크리스마스트리가 세워져 있었다. 트리 맨 위에 놓인 은색 별이 병원의 백색 등에 반사되어 하얗게 빛났다. 나는 트리 앞으로 가 보았다. 빨간색, 주홍색, 초록색의 오너먼트 속에 선물을 들고 있는 소아병동 환자들의 사진이 실려 있었다. 사진 밑에는 환자들이 직접 쓴 것으로 보이는 작은 글씨가 비뚤배뚤 적혀 있었다. 소망을 쓴 아이도 있고, 간호사나 의사의 이름을 대며 감사하다고 메시지를 쓴 아이도 있었다. 오너먼트를 따라가는 눈길은 트리의 위쪽을 향했다. 나는 까치발을 들고 마지막 오너먼트 속 사진을 보았다. 거기 영이 있었다. 엄마가 짠 분홍색 모자를 쓰고 있는 배영. 영이 제일 좋아하는 색이다. 눈을 감은 영은 코와 입, 목에 투명한 호스를 달고 있다. 사진을 자세히 보기 위해 발가락 끝까지 힘을 주었다. 못 본 새 영의 오른쪽 눈 옆에 점이 생겨 있었다. 영이 잘 때 사인펜으로 내가 이마에 그려 놨던 점처럼 동그랗고 까맸다. 그땐 자기 얼굴을 보고 유치원에 안 가겠다고 서럽게 울어댔는데. 나는 오너먼트를 잡으려고 손을 뻗었다. 세 번째 손가락 끝에 오너먼트가 찰랑이며 걸렸다. 사진 밑에 쓴 메시지가 보였다. '내년엔 일어나서 누나의 졸업식에 갈 거예요. 박수를 치고 크게 외칠 거예요. 우리 누나 바보!' 이런 생각을 할 사람은 엄마밖에 없었다. 나는 발을 땅에 착지했다.

　아빠가 내려올 때가 다 되어 로비 카페에서 아이스말차라떼를 시켰다. 결제는 항상 엄마 카드로. 내 생활비는 엄마가, 영의 병원비는 아빠가 감당한다. 한번은 병문안을 왔던 친척이 너희 엄마 아빠가 돈 잘 벌어서 그나마도 유지하고 사는 거라고 한 적이 있었다. 틀린 말은 아니었지만 그 말을 떠올릴 때마다 눈에 힘이 들어간다.

말차라떼를 들고 입원실 전용 엘리베이터 앞으로 가는데 익숙한 소리가 로비에 울렸다. 외래가 시작되기 전이라 한산한 탓이었다. 나는 지팡이 짚는 소리가 들리는 쪽으로 고개를 돌렸다. 나를 발견하지 못한 할머니가 지하로 내려가는 에스컬레이터를 탔다. 지하에는 항암 치료를 하는 양성자 센터와 MRI를 찍는 방사선 구역이 있었다. 여든 살의 할머니는 매달 공진단 한 박스를 드신다. 건강 검진을 하러 왔을 것이다. 엘리베이터 문이 열리고 아빠가 내렸다. 나는 아빠에게 맘차쿠키 상자를 건넸다. 초콜릿은? 내가 다 먹었다고 하니 아빠는 잘했다고 답했다. 머리 쓰는 데 포도당이 필요하다고.

❄

"강의실 리모델링 공사로 오늘은 십오 층에서 수업한다."

도함수 수업이 시작됐다. 강사는 칠판에 그래프를 그렸다. 다른 쌤들은 그래프를 영상으로 띄우는데 굳이 칠판에 직접 그리는 건 뭐냐, 자기가 일타 강사라도 되느냐, 쟨 아무것도 아니다, 지금이 미술시간이냐, 숙덕거리는 소리가 뒤에서 들렸다.

"학생들, 도함수가 뭔가."

x에서의 기울기요.

희망이 없는 목소리가 강의실 안에 울렸다.

"맞다. x의 순간 기울기지. 도함수는 기하학이다."

나는 창밖을 응시했다. 구름이 모여들어 하늘이 하얗게 보였다. 저 멀리 하늘색 비행기 한 대가 대류권을 비스듬히 날아가는 게 보였다. 고도를 높이는 중이었다. 다시 칠판으로 고개를 돌리자 강사가 나를 보고 있었다. 테 없는 안경의 렌즈는 등변사각형의 형태였다. 강의실 형광등에 반사된 안경알이 그처럼 번뜩했다.

"비행기도 기하학이지. 비행경로 또한 지구의 곡률을 고려해서 정해진다."

비행기.

나는 한때 아빠를 동경했다. 영은 비행기를 타면 울면서 오들오들 떨다 지쳐 잠들었지만 나는 달랐다. 비행 내내 잠들지 않고 창밖의 기후를 바라보거나 모니터로 실시간 비행 항로를 봤다. 심장이 두근거리기보다는 차분해졌고, 여행지에 대한 기대보다는 조종석에서 보는 하늘이 더 궁금했다. 영어를 읽을 줄 알고 나서는 내가 탄 기체의 항공기 정보가 나와 있는 책자도 읽었다. 내가 좋아하는 비행기는 단연 아빠가 모는 보잉사의 777 시리즈였다. 777은 이십 년 넘게 북미, 유럽, 오세아니아로 비행하다가 올해 퇴역했다. 777의 기장들이 제복을 갖추고 퇴역기에 경의를 표할 때 아빠는 없었다. 병실의 간이침대에 누워서 핸드폰으로 퇴역 영상을 찾아보며 아빠는 기분이 어땠을까. 조금 울기도 했을까. 아마 영은 알고 있을 것이다.

난기류

 세 시간의 수업이 끝난 후 시험지를 받으러 강사에게 갔다. 어제 빠진 시험지를 달라고 했더니 강사는 몸을 돌렸다.
 "배유리 학생."
 "네?"
 "보충 수업에 빠졌던데."
 "엄마한테 못 들으셨어요?"
 보통 수업에 빠지면 학원에서 학부모에게 연락을 한다. 결석한 학생은 혼나지만 강사들은 손해 볼 게 없었다. 어차피 그날치 수업료는 다 결제된 거니까.
 "연락 안 했다."

강사는 내가 올 거라고 믿었다고 했다.

"아."

어떤 말을 해야 할지 모르겠다. 머릿속에 시온의 편지만 맴돌았다. 믿는다는 게 어떤 건지 모르겠다는.

"나를 최하위 반이나 담당하는 실패한 강사로 생각하겠지."

그러나 자기의 눈에도 나는 미래의 의사처럼 보이지 않는다고, 반박할 틈도 주지 않고 강사는 말을 이어 갔다.

"다들 자기 자신이 누구인지 궁금해하는 것 같나? 사실 모두가 그럴 시간 없이 꼭짓점을 향해서 올라가기만 하는 중이지. 그게 이 세계에서는 맞는 방법이다. 배유리 학생은 맞지 않는 사람이고."

강사는 날카롭게 말했다.

"방향을 트는 게 본인에게 좋을 거다."

문 밖에서 다른 아이들이 훔쳐보고 있는 게 느껴졌다. 나를 향해 웅성거리는 소리가 들렸다. 시험지를 안고 밖으로 나가려는 강사보다 더 빠른 걸음으로 강의실을 나갔다. 엘리베이터가 올라올 때까지 버틸 여력이 없었다. 비상계단의 문을 벌컥 열고 건물의 중간쯤 내려갔을 때 두 개골이 갈라지는 추위가 느껴졌다.

'자기 자신이 누구인지', '그럴 시간 없이 꼭짓점을 향해서', '배유리 학생은 맞지 않는 사람이고'……. 방금 들은 말들이 나를 에워쌌다. 비틀거리며 일 층에 도착했을 때 깨달았다. 내게 이런 이야기를 해 준 어른이 처음이라는 것을.

❄

"모의고사지 받아 왔어?"
"아니."
"왜?"
"……."

내가 먼저 말을 꺼내야 할지 아빠가 말할 때까지 기다려야 하는지 고민하는 사이에 눈이 마주쳤다. 아빠가 앉아 보라고 했다. 서늘한 눈매가 오너먼트에 비친 내 모습과 똑같았다. 나는 아빠를 지독히도 닮았다. 차가운 인상은 할머니에게서 물려받은 것이다. 할머니는 어디에 있을까. 우리 둘 사이에 껴서 '그만하라'고 말할 사람이 지금은 필요했다. 하지만 보이지 않았다. 나는 눈이 아파서 방에 들어가 쉬어야겠다고 말했다.

"겨우 눈이잖아. 참을 수 있잖아."

"뭐?"

아빠가 양손을 식탁 위에 툭 내려놓으며 말했다. 너는 행운아라고, 도대체 무엇이 문제냐고.

"아빠가 겨우 눈이라고 하는 건 포유류의 전부야."

나는 아빠의 대칭에 서서 말했다.

"그렇게 똑똑해서 최하위 반에서도 밀려나니?"

아빠의 눈빛이 팽팽했다.

나는 지지 않고 아빠 말대로 더 이상 내려갈 곳도 없어서 마음이 편해졌다고 말했다. 아빠는 자리에서 벌떡 일어났다. 이렇게 살기 위해 자기가 뭘 포기했는지 아냐고.

그 말에 화가 났다.

"그러니까 왜 이러고 사는 건데!"

우리는 얼마든지 행복해질 수 있었다. 그러나 흩어졌

다. 유리 파편처럼.

"나 때문에 그렇게 된 거 같아서! 내 직업 때문에 너희를 지켜 주지 못한 거 같아서!"

아빠의 눈에 눈물이 고였다. 스스로는 눈물이 고이는지도 모르는 것 같았다. 나는 뒷걸음질을 쳤다. 아빠가 나를 붙잡았다.

"유리야."

"맞아. 다 아빠 때문이야."

아빠의 손이 난기류를 만난 것처럼 흔들렸다.

내 눈에서도 눈물이 흘렀다.

우리는 다 실패했다. 난 나대로, 아빠는 아빠대로, 엄만 엄마대로, 할머닌 할머니대로, 좋아하는 걸 포기하고 살면서.

그래야만 각자가 지닌 죄책감을 덜 수 있으니까. 아니다, 그것은 처음부터 덜어지는 게 아니었다. 하지만 영이 우리가 그것을 안고 살기를 바라는지는 미지수였다.

❄

 먼저 핸드폰 번호를 물어봐 놓고 시온은 저녁이 될 때까지 연락이 없었다. 나는 강사에게 들었던 말을 잊기 위해 핸드폰으로 이것저것 검색했다. 시온은 더 이상 편지를 업로드하지 않았고, 엄마는 아직도 비행 중이었다. 가슴이 답답했다. 일어나서 창문을 열었다. '방향을 트는 게 본인에게 좋을 거다'. 머릿속에 그 말이 자막처럼 떠올랐다. 이영준의 꿈은 무엇이었을까. 시온의 편지를 보다가 나를 사로잡은 질문이었다.
 한국장기조직기증원의 유튜브에 들어갔다. 기증자를 추모하는 영상이 드문드문 올라오곤 했다. 물론 모든 기증자의 영상이 있는 것은 아니었다. 편지도 받는 사람만 받는 것처럼, 영상의 주인공도 유족의 뜻에 따라 결정됐다. 섬네일을 훑던 중에 내 또래를 발견했다. 안경을 쓰고 환하게 웃고 있는 열다섯 살 여자아이. 손가락을 대고 있자 영상이 저절로 재생됐다. 이름은 윤소은, 중간고사 때 전교에서 일 등을 한 학급 회장이다. 꿈은 의사였고 아래로 열두 살짜리 여동생이 있다. 나와 영의 나이 차와 같다. 여동생이 언니를 잃은 슬픔을 시로 써서 인터넷에서 화제가 되었다. 영상에 시가 담겼다.

'집에 오면 조용해요. 저녁이 돼도 조용해요. 밤이 돼도 조용해요. 멍멍! 우리 집 강아지가 문 앞에서 기다려요. 나 여기 있는데? 왈! 엄마 여기 있는데? 낑! 아빠도 있는데? 쿵! 나는 강아지랑 같이 문 앞에 앉아요. 들려 오는 티브이 소리가 언니였다가, 세탁기에서 나온 빨랫감이 언니였다가, 언니가 좋아하는 계란말이 냄새가 언니예요. 강아지가 울어요. 우리들은 다 같이 둘러앉아서 등을 쓰다듬어요'.

가족들과 반려견이 추모 공원에서 그 아이의 안치단을 장식하면서 영상은 끝났다. 영상에는 오백 개가 넘는 댓글이 달려 있었다. 그중에서 베스트 댓글은 '아까운 인재…… 기증받은 사람들 부디 감사한 마음으로 열심히 봉사하며 살아가시길'이었다.

나는 화면을 껐다.

숨 쉬는 게 힘들었다. 답답한 마음에 왼쪽 안대를 벗어 안약을 넣었다. 약물이 속눈썹에 맺히도록 눈을 감아 봤지만 눈송이는 없었다. 시온과 만난 후로 오른쪽 눈에 눈송이가 사라졌다. 영원히 사라진 것일까, 잠깐일까. 이영준도 눈이 부셨던 적이 있을까. 하늘 보는 걸 좋아했다는 그 아이의 안치단은 어떻게 꾸며져 있을까.

"추모 공원!"

나는 두 눈을 번쩍 뜨고 이렇게 외쳤다.

동시에, 핸드폰이 울렸다.

> 나 이시온
>
> 네 말 생각해 봤는데
>
> 그동안 나도 즐거웠던 거 같아
>
> 형을 위해서라면 아마 다른 일을 해야 할 것 같은데?

❄

핸드폰으로 애틀랜타와의 시차를 알아봤다. 애틀랜타와 서울의 시차는 열세 시간. 지금 애틀랜타는 아침 일곱 시였다. 비행기에서 승객들이 먼저 내리고, 그다음으로 파일럿들이 내리고, 객실 정비를 마친 승무원들이 마지막으로 내린다. 엄마는 지금쯤 입국 심사를 거쳐서 회사 셔틀버스를 기다리고 있을 것이다. 나는 말풍선 옆에 뜬 1이 사라지기를 기다리고 있었다. 비행 간 엄마를 찾는 것은 열두 살 때 생리가 터진 날 이후로 처음이었다.

> 유리야! 엄마 도착해서
> 셔틀 타고 숙소 가는 중이야
> 갑자기 제주도행 티켓은 왜?

드디어 엄마에게서 메시지가 왔다.

나는 시온에게 이영준이 어디 묻혀 있는지 알고 싶다고 말했다. 그러자 시온은 이영준이 어디에 있는지는 모르지만 살았던 곳은 안다고 했다. 어디냐고 물었을 때 시온의 대답은 범위 밖이었다.

제주도.

이륙

12월 17일 오전 열 시. 대기는 맑고 기온은 어제보다 더 떨어진 0도로 체감 온도는 영하 2도다. 코트와 장갑, 부츠를 걸치고 국내선 카운터에 도착했을 때, 시온이 먼저 도착해 있었다. 시온은 어제랑 같은 아이보리색 패딩에 체크무늬 머플러를 하고 덜 마른 갈색 머리카락을 손가락으로 흐트러뜨리고 있었다. 눈이 마주치자 시온은 내게로 성큼 걸어왔다.

"안 추워?"

"춥지 않아?"

나와 시온은 거의 동시에 말했다. 서로 먼저 말하라고 미루다가 결국 내가 먼저 대답했다.

"난 추위를 별로 못 느껴서. 넌 왜 젖은 머리야?"

"늦을까 봐."

시온은 짧게 말했다.

나는 손가락으로 히터기를 가리키며 머리를 말리고 있으라는 신호를 보냈다. 시온은 얌전하게 히터기 앞으로 갔다. 그동안 나는 엄마에게 들은 대로 체크인 키오스크에서 티켓을 출력했다. 간단한 예약 사항을 입력하자 흰색 바탕에 하늘색 테두리를 두른 티켓이 출력됐다. 무려 5년 만에 보는 거였다. 티켓에 적힌 공항의 약자와 이착륙 시간, 비행기 번호를 가만히 바라봤다.

"너한테 주면 돼?"

티켓을 받은 시온은 물었다.

난 무슨 뜻인지 알아채고 고개를 흔들었다.

"무료야. 직원 복지."

사실 나만 할인 티켓이고 시온의 티켓은 엄마가 정가를 지불하고 샀다. 엄마에게 제주도에 가야 한다고 말했을 때, 비행 쉬는 날 같이 가자고 했다. 놀러 가는 게 아니라고 대답하자 엄마는 그러면? 하고 물었다.

> 나한테 각막 기증해 준 사람, 거기에 있대

이렇게 문자를 보냈다. 엄마는 숙소에 도착하자마자 다급해진 목소리로 보이스톡을 걸어 왔다. 놀란 것 같았지만 기증자를 추모하는 편지 사이트를 통해서 내게 어떤 일이 일어났는지를 이야기하자 톤을 바꾸었다.

"수목장을 했다고 들었어. 기증자의 유지였다고······."

엄마는 미안해했다. 그리고 시온의 제주행 티켓까지 준비해 주었다.

"엄마가 항공사에 다니셔?"

항공기 노어와 연결된 통로를 걸으며 시온이 물었다. 이미 기체에 탑승한 것처럼 말소리가 울렸다. 나는 그렇다고 대답했다. 그게 다였다. 시온은 엄마가 승무원이라서 좋겠다, 비행기 많이 타 봤겠네 같은 뻔한 소리를 하지 않았다. 우리는 문 앞에서 엄마와 친한 승무원 지아 이모의 안내를 받았다.

"친구는 46열 창가 자리, 유리는 43열 복도 자리, 안내해

이륙 143

드리겠습니다."

시온이 나를 쳐다보았다. 나는 티켓으로 입을 가린 후 작은 목소리로 말했다. 복지는 좌석 지정이 안 돼. 한라산 등반을 위해 배낭을 메고 들어오는 탑승객들을 보더니 시온이 자리 바꿔 줄까?라고 물었다. 나는 복도가 편하다고 말했다. 시온은 고개를 끄덕이고 삼 열 뒤로 갔다. 이륙하기 전에 지아 이모가 와서 좌석 벨트를 확인시켜 주며 오랜만의 비행이라 무서울 수도 있을 거라고 했다. 하지만 책 한 페이지를 읽는 시간일 뿐이니 눈을 감고 마음속으로 떠오르는 것들을 스케치해 보라고 했다.

"손님 여러분 안녕하십니까. 탑승을 환영합니다. 이 비행기는 제주도까지 가는 1067편 항공기입니다. 목적지인 제주국제공항까지는 이륙 후 한 시간이 소요될 예정입니다. 우리 승무원들은 여러분께서 안전하고 편안하게 여행하실 수 있도록 정성을 다하겠습니다."

나는 눈을 감았다. 공기가 회전하는 소리와 함께 기체의 움직임이 물리적으로 느껴지기 시작했다. 비행기는 활주로를 횡단하는 중이었다. 좌회전을 한 비행기는 유도로에 진입한다. 관제탑과의 교신, 이륙 순서를 받는다. 준비, 활주로 중앙선에 기체를 정렬시킨다. 마지막으로 계기판 체크, 관제탑이 비행 허가를 내린다. 기어 업, 조종간을 잡는다. 엔진 출력 최대치. 비행기가 달린다. 상체에 떨림이 온다. 컨트롤 스틱을 당겨서 비행기를 지표면으로부터 띄운다.

빛과 구름이 펼쳐져 있는 대기 속으로 침투한다. 고도를 높이며 기울어지던 비행기는 하늘과 수평을 맞춘다.

순항 고도에 들어섰다는 안내 방송이 나왔다.

나는 천천히 눈을 떴다. 가슴이 벅찼다.

❄

"이영준의 눈으로 보고 싶어. 그 아이가 살았던 곳을."

시온이 나와 함께 제주도로 온 것은 이 한마디 때문이었다. 시온은 제주가 처음이었고 나도 그랬다. 우리는 공항에서 나와 눈앞의 풍경을 멀뚱히 바라봤다. 야자수 위에 눈이 앉아 있었다. 겨울 제주는 냉대와 온대가 함께 있다. 서울보다 기온은 따듯하고 하늘은 흐렸다.

"형이 집에서 공항이 가깝다고 했었어."

제주에 오기는 했지만 우리는 뭐부터 해야 할지 몰랐다. 이영준이 살던 곳이 공항 근처라는 것을 나침반 삼아 지도 어플에서 세 개의 동네를 추렸다. 그리고 시온의 엄마에게 문자를 보냈다.

"여기인 것 같대."

시온의 엄마는 나중에 제주도로 놀러 오라던 이영준의 말을 기억하고 있었다. 자신의 동네에 수목원이 있어서 폐 재활 치료를 하기 좋을 거라고 덧붙였다고 한다. 우리가 추린 동네 중 하나에 수목원이 있었다. 제주공항에서 버스를 타면 십오 분이 걸리는 가까운 곳이었다. 그러나 버스를 기다리는 시간이 이십오 분이다. 제주에서는 택시를 타고 이동하는 게 좋을 거라는 지아 이모의 말이 떠올랐다. 이모는 오늘 하루 서울과 제주를 두 번 왕복하는 스케줄이라 저녁에 김포로 돌아가는 비행기 안에서 만나자고 했다.

우리는 지아 이모의 조언대로 택시를 탔다. 학원에서

전화가 왔지만 방해 금지 모드로 돌렸다. 창밖으로 알파벳 음각이 새겨진 특급 호텔들이 보였다. 이런 곳에 수목원이 있다는 게 믿기지 않아 의심스러워질 때쯤 창밖의 풍경이 확연히 달라졌다. 키 낮은 상가들과 오래된 주택들이 모여 있는 동네가 나왔다.

수목원 앞 상가 일 층에는 수목원의 이름을 딴 음식점들이 있었다. 간판을 보고 있으니 배가 고팠다. 딱 점심을 먹을 시간이었다. 나는 시온에게 아침을 먹었는지 물어보았다. 시온은 하루에 한 끼만 먹는다고 했다. 내가 어떻게 그럴 수 있냐는 표정으로 바라보니 늦게 자고 늦게 일어나서 그런 것뿐이라고, 오늘은 일찍 일어나서 배가 고프다고 부연했다.

"이영준은 뭘 좋아했는데?"

시온은 잠시 생각하더니 말했다. 캔커피, 허니브레드, 그리고 언젠가 시온에게 사 주겠다고 약속한 고구마치즈돈가스.

"형이 살던 동네에 겨울에 더욱 맛있는 돈가스가 있다고 했어."

겨울에 더욱 맛있는 돈가스라, 정말 뜬구름 잡는 소리 같았다.

"이거 봐."

핸드폰으로 돈가스집을 검색하던 시온이 자신이 찾은 가게를 보여 주었다. 메뉴판 사진을 보자마자 '겨울에 더욱 맛있는 돈가스'라는 표현이 정답이라고 느껴졌다.

우리는 수목원의 반대 방향으로 걸어서 돈가스 가게를 찾았다. 메뉴판에 돈가스, 치즈돈가스, 고구마치즈돈가스의 사진이 있었는데 평범해 보였지만 특별한 점은 모든 돈가스가 철판에 나온다는 점이었다.

"형하고 어울린다."

시온이 깨끗한 잔에 물을 따르며 말했다.

"뭐가?"

"이 가게의 분위기랑."

나는 가게 안을 둘러보았다. 통창에 빈티지한 커튼이 쳐져 있고 나무로 된 식탁과 의자가 놓여 있었다. 채도 낮은 조명과 투명한 식기도 단정했다. 이영준은 이런 분위기의 사람이었을까. 내가 묻기 전에 시온이 이야기했다.

테가 다른 안경을 다섯 개나 가지고 있을 만큼 안경 쓰는 걸 좋아했고, 머리를 감지 못한 날에는 모자를 써서 가리는 사람이었다고.

"눈이 안 좋았어?"

내가 이식받을 당시 이영준의 눈은 시력이 1.0과 1.2였다. 굉장히 좋은 편이어서 안경을 썼을 거라고 상상하지 못했다.

"형은 눈이 밝았어."

나는 속으로 그런데 왜?라고 생각했다.

시온은 말했다. 폐가 나쁘면 안구가 자주 충혈되고 눈 밑 세포가 죽어 착색 현상이 발생한다고. 고요한 눈빛으로 가게를 둘러보는 시온의 눈을 훔쳐보았다. 옆으로 길게 뻗은 속쌍꺼풀을 따라 눈썹이 가늘게 나 있었다.

"고구마치즈철판돈가스 두 개 나왔습니다."

철판 위에 흰 치즈가 올라간 돈가스가 소스를 머금고 자작하게 끓고 있었다. 소스에서는 귤처럼 상큼한 냄새가 풍겼다. 메뉴판에 제주 귤로 졸인 돈가스소스라고 적혀 있었다. 나의 16년 인생에 처음 먹어 보는 돈가스였다. 나는 포크로 돈가스를 찍었다. 모차렐라치즈가 늘어나면서 고구마의 노란 소가 함께 터졌다. 나는 떨어지려는 돈가스를 입에 넣었다.

"내가 살게, 이건."

시온이 자기가 밥을 사겠다고 했다. 눈송이처럼 하얀 고슬밥이 나오자 기분이 좋아졌다. 이영준도 친구와 와서 밥을 먹었을까. 나는 언젠가 이영준이 썼을지도 모르는 숟가락으로 밥을 펐다. 눈송이처럼, 좌표 위의 점처럼 흰 구체의 형상이었던 이영준은 이제 나무 식탁에 앉아 식기를 들고 있다. 검은 테 안경을 쓰고 체크무늬 가디건을 걸치고 앉아 있다. 나는 오른쪽 눈으로 돈가스를 음미하며 한 조각도 남기지 않고 모두 먹었다. 이영준과 함께 먹는 듯이.

하고 싶은 것

"이제 어디로 가지?"

우리는 수목원 매표소로 갔지만 동절기에는 운영하지 않는다는 푯말이 붙어 있었다.

"이 부근에 형이 다녔던 학교가 있을 텐데."

지도를 보니 식물원 가까운 곳에 고등학교가 하나 있었다. 우리는 핸드폰을 보면서 앞으로 걸었다. 화살표가 가리키는 지점, 교문 없이 운동장이 펼쳐져 있는 학교가 나왔다. 생경한 외관에 학교가 맞나 싶어 돌기둥에 적힌 글자를 확인했다. 고등학교가 맞았다.

이영준은 방과 후가 되면 스탠드에 앉아 다른 애들이 축구 하는 걸 보는 게 취미였다고 시온에게 말했다고 한다. 해가 질 때 노을빛에 붉게 물드는 축구공을 바라보고 땀 흘리며 뛰는 아이들의 열기를 느꼈다고 했다. 지금은 태양이 구름 속에 숨어 노을을 볼 수 없었지만 운동장으로 해가 기우는 모습을 상상했다. 저 멀리 스탠드에 앉아 그림자가 빠르게 도착하는 순간을 이영준이 좋아했을 것 같았다. 그럴 것 같았다.

"보여?"

시온이 패딩 주머니에 손을 넣고 팔꿈치로 운동장 가장자리를 가리켰다. 거기에는 신기하게도 눈사람이 있었다. 우리는 빠른 걸음으로 운동장을 가로질렀다. 눈이 녹아 희끗희끗한 땅 위에 키가 큰 눈사람이 있었다. 몸통이 세 개에다 나뭇가지 뿔과 이파리를 붙인 앞머리도 있고 돌멩이 단추가 달린 옷도 입고 있었다. 재주가 좋은 여러 명이 만든 게 분명했다.

"너보다 훨씬 잘 만들었다."

"이렇게 만들어 줬어야 하는 거 아냐?"

우리는 또 동시에 말했다.

시온이 못 참겠다는 듯 웃었다. 벤치 위에 퍼져 있는 곰만 떠올리면 웃음이 난다고 했다.

지금 네 눈의 모양이 반원이 되었다는 걸 알고 있을까?

"근데 너 왜 눈 오리 다 부쉈어?"

웃음을 끊고 시온은 말했다.

내 짓인 거 모를 줄 알았는데. 뜨끔했다. 내가 그냥,이라고 대답하자 시온이 되물었다. 추위를 무릅쓰고 오십 개나 만든 눈 오리들을 '그냥' 부수고 싶었던 거냐고.

"다른 사람이 부수기 전에 내 손으로 하고 싶었어."

내가 그날 부순 것은 너와 나와 이영준의 나이를 합한 숫자였을 뿐이라고 했다. 병동의 누군가는 이 눈 세계를 볼 수 없는 게 화가 났다고 말하지 않았다.

"이런 데서 학교 다니면 마음이 좀 편할까?"

나는 눈사람의 뿔을 만지며 말했다.

그러자 시온이 내 코트 소매를 잡아당기며 저기를 보라고 했다. 그곳에는 트로피가 그려진 현수막이 쭉 붙어 있었다. '제주도지사배 과학경진대회 3관왕!', '5년 연속 우수인재프로그램 선정', '축! 서울대학교 수시전형 수학교육과(지역균형선발) 합격!' 우리는 고개를 절레절레 흔들며 웃었다. 그럼 그렇지, 하고 내가 실망하자 시온은 이렇게 말했다.

"어디에 있는지보다 마음이 어디로 가는지가 더 중요하잖아."

다른 사람이 그런 말을 했다면 코웃음을 쳤을 거다. 하지만 시온이 하는 말은 빙면 위에 비친 병동처럼 선명했다. 그래서 나는 내 마음을 두고 보기로 했다. 어디로 가는지.

서서히 바람이 불었다. 우리는 학교 둘레를 따라 걷다가 '하르'라는 카페에 들어갔다. 흰 돌 벽으로 된 카페에는 푸른색 페이즐리 무늬 카펫이 깔려 있었다.

"형의 최애 아이스티 마셔 볼래?"

시온은 병원에 오래 있으면 달고 신 맛들이 그리워진다고 했다. 알약의 떫고 쓴 맛을 바꾸기 위해 이영준이 찾았던 것은 복숭아시럽의 맛이었다.

"혈당 스파이크 오겠는데."

내가 말했다. 시온이 이마를 가리는 앞머리를 흔들며 끄덕였다.

"혹시 의사가 꿈이야?"

아까 내 핸드폰에 뜬 학원의 이름을 보았다고 했다. 해마다 의대에 원생을 합격시키는 걸로 유명해서 곳곳에 현수막이 있었다. 나는 대답하지 못하고 거꾸로 질문을 던졌다.

"네 꿈은 뭔데?"

"되고 싶은 거라면 아직 없어."

시온은 그렇게 말하고 카페 의자에 몸을 기댔다.

"그럼, 바라는 건?"

나는 시온의 예전 편지까지 찾아보았다는 걸 숨기기 위해 아는 척하지 않았다. 시온은 카펫의 무늬를 물끄러미 보다가 입을 열었다.

"떠나 보는 거."

"어디로?"

"어디든."

시온은 어려서부터 H대학병원 부근을 떠나 본 적이 없다고 했다. 원래 다른 도시에 살다가 폐에 특화된 H대학병원 근처로 이사 온 거였다. 병원 가까이 살아서 좋은 점은 안심이 된다는 것이었고 나쁜 점은 병원에서 멀어지는 게 무서운 거라고 했다.

"내가 여기에 올 수 있었던 건 제주에 큰 병원이 있기 때문이야. 엄마는 내 가방 속에 환자 기록 카드랑 수술 이력, 혈액형, 약물 알레르기까지 적어 놨다니까."

못 말리겠다는 듯 시온이 웃었다. 난 엄마에게 전화 한 통 하면 덥석 갈 수 있는 제주행이 시온에게는 얼마나 큰 결심이었을지. 서울을 떠나온 것을 일탈이라 부르지 않기로 다짐했다.

"물론 너도 어려운 결정을 했겠지만."

나는 아니라고 했다. 절대로 너와 같은 조건에서 결정한 게 아니었다고. 이영준을 찾아가고 싶은 게 내 마음인지, 이영준을 위한 마음인지도 모르겠다고 했다.

"근데 아까부터 궁금한 게 있는데······."

시온이 자세를 숙였다.

"왜 형한테 반말하는 거야?"

시온의 질문에 웃음이 터졌다. 안대에 주름이 접혔다. 정작 본인은 뭐가 웃긴지 모르겠다는 반응이었다.

"기증자가 누구인지 몰라서 '엑스'라고 가정했거든. 내가 구해야 하는 수. 그러다 보니 반말이 붙었어. 음, 올해 스물세 살이었을 테니까 '이영준 아저씨'라고 부를까?"

시온이 고개를 돌리고 소리 내서 웃었다.

"아저씨라니, 형이 싫어했을 거야."

형은 소년으로 불리는 걸 좋아했다고. 나이를 먹어도 소년 병동에 입원하고 싶다고 말한 적이 있었단다.

"그럼 계속 말 놓지 뭐. 나도 곧 열여덟 살이 될 테니까."

아이스티 속 얼음이 녹았다.

"형은 꿈이 있었어."

날이 어두워지고 있었다. 창밖으로 눈송이가 떨어지기 시작했다.

❄

폐 섬유화는 폐가 딱딱하게 굳는 현상을 말한다. 폐가 굳으면 호흡이 흐트러져서 혈액 속으로 산소가 원활히 공급되지 못한다. 가만히 있어도 숨이 가쁘고 위험에 빠진다. 유산소 운동은 당연히 꿈도 꿀 수 없다. 그러나 이영준의 꿈은 무모할 정도로 큰 것이었다.

"에베레스트 등산?"

십 분 전보다 더 많은 눈송이가 내려오고 있었다. 나는 꿈속에서 본 설산을 떠올렸다. 밑변의 길이가 등변보다 긴 이등변 삼각형의 모양을 한 설산에는 나무 한 그루, 풀 한 포기도 보이지 않았다. 설산의 꼭짓점에는 만년설이 있었다. 나는 시온이 쓴 편지가 떠올랐다. 이영준의 별명이 '뜬구름'이었다고 한.

"그런데 이영준은 만년설 봉우리를 보면 좋은 일이 있을 거라고 믿는 쪽 아니었어?"

"그렇지."

영이 생각났다. 날아가는 비행기를 보면 행운이 온다고 믿었다. 그래서 엄지와 검지를 펼쳐 사진기 모양으로 만든 뒤 '찰칵'하고 비행기를 찍고는 했다. 그런 믿음은 어디서 오는 걸까, 물었을 때 엄마가 했던 말이 있다.

"그런 믿음은 희망에서 오지."

시온이 창문에서 눈을 떼고 나를 돌아보았다.

"혹시 너도 같은 병이야?"

나는 시온에게 조심스럽게 물었다.

"아니, 달라."

시온은 섬유화를 유발하는 세포를 가지고 태어나서 갓난아기 때부터 세포의 성장을 억제하는 치료를 받았다고 했다. 본격적으로 폐가 모양을 갖추는 지금이 가장 중요한 시기인데 아직까지는 괜찮다고 말했다. 오랜 산책도 문제가 없다고 말이다.

밖에 나가니까 기다렸다는 듯이 눈이 날렸다. 나는 손바닥을 내밀었다. 제주의 눈은 바람을 타고 쉽게 떠났다.

시온이 왼쪽 눈은 어쩌다 그렇게 된 거냐고 물었다. 나는 안구 염증의 원인은 스트레스와 과로라고 알려 주었다.

"너무 무리하고 사는 거 아니야?"

나는 시온의 질문에 눈송이를 받기 위해 내민 손을 접었다.

아무도 내게 '무리'라는 말을 쓴 적이 없었다. 내 생활은 늘 오지선다형 문제를 풀기 위한 초 단위에 맞춰져 있었기 때문이다.

"……눈이 떨어지는 속도는 몇 센티미터일까."

시온 앞에서 엄살을 부리는 것 같아서 말을 돌렸다. 글쎄,라며 눈동자를 굴리는 시온의 이마와 뺨에 눈이 깃털처럼 붙어 있었다. 얼마나 시간을 함께할 수 있는지 세어보았다. 일곱 시 비행기니까 앞으로 두 시간 정도가 남아 있었다.

이영준이 제주에서 가장 많은 시간을 보낸 곳은 어디일까, 우리는 동시에 대답했다.

"병원."

영

 미분은 찰나의 변화도 계산할 수 있다. 인강 강사는 말했다.

 "내가 뭐랬지? 고등 수학은 놀라움의 연속이야. 오늘 배울 건 우리 일상, 과학에 중요한 역할을 하는 '리밋'(limit)이야. 리밋은 말 그대로 '극한'이지."

 극한은 0에 가깝다.

 나는 오른손으로 왼 손바닥에 영을 그렸다. 그러고 보니 이영준의 이름에 숫자가 두 개나 들어가 있다고 시온에게 말했다.

 "너드 같아?"

 "좀."

병원 로비를 걸어가며 시온이 무심하게 말했다.

좀이라니. 영은 자기 이름이 '영일'이나 '영오'였으면 재밌는 별명이 더 많았을 거라고 떠들고는 했다.

"근데 네 이름도 수학이잖아."

"내가?"

"그래, 유리함수."

나는 시온도 고등 수학 선행을 나갔는지 물었다. 시온은 기가 빨려서 학원에 가는 자체가 힘들다고 했다.

"엄마가 수학 선생님이셔."

시온의 엄마는 고등학교에서 수학을 가르치다가 시온의 치료를 위해서 그만두었다고 한다. 지금은 아파트 단지 상가에서 소그룹 수학 수업을 하고 있다고.

나는 병동으로 연결되는 엘리베이터를 잡으며 한번쯤 시온의 엄마와 상가에서 마주친 적이 있었을까 가능성을 곱씹어 보았다.

육 층 소아청소년병동의 문이 열리자 시온이 먼저 내렸다. 머리가 굳어 버린 나와는 달리 시온은 병원에 들어오고 나서부터 적극적이었다. 어디로 가야 하고 어떻게 해야 하는지 잘 알고 있었다. 간호사 분들께 드릴 도넛을 사 가자는 것도 시온의 아이디어였다.

"환자 면회 왔어요?"

연두색 가운을 입은 간호사가 디근자 모양의 프런트에 앉아 물었다. 내가 머릿속으로 영의 이름을 떠올리는 동안 시온이 설명했다. 5년 전에 이곳에서 서울의 대학병원으로 옮겨 간 이영준 환자의 친구인데요. 나이는 열여덟 실이있고 고위험 폐 섬유화를 앓고 있었어요. 시온의 눈빛은 목소리만큼 차분했다.

"보호자 외에 서류 열람은 불가능합니다."

시온은 포기하지 않고 말했다.

"서류 열람이 필요한 것은 아니고요. 이영주 환자가 옆에 있는 이 사람한테 장기를 기증했거든요. 기증자의 흔적을 찾으려고 서울에서 제주도까지 왔어요. 저는 영준이 형이랑 서울 병원에서 같은 병실을 쓴 동생이구요."

데스크에 앉아 있던 모든 간호사가 우리를 쳐다보았다. 그리고 이어지는 침묵. 나는 시온을 쳐다보았다. 시온은 다 밝힐 수밖에 없었다는 표정으로 어깨를 한 번 들썩였다. 포장해 온 도넛을 건네자 간호사 분들은 우선 잠깐 앉으라고 의자를 내주었다.

"미안한데 오늘 이브닝 간호사들은 거의 다 저년차라 5년 전 환자는 잘 몰라."

아, 시온의 입에서 탄식이 흘러나왔다. 예상하지 못한 변수를 만난 것 같았다. 나는 간호사의 목에 걸린 인식표를 눈으로 읽었다. 소아청소년과 간호부 누구. 휘장이 함께 걸려 있는 목걸이에는 수간호사라고 적혀 있었다.

"맞다, 윤쌤은 아시지 않을까?"

시온과 나는 동그란 테이블 위에 도넛을 두고 앉아서 '윤쌤'을 기다렸다. 십 분이 지나자 인식표 목걸이에 '수간호사/윤유나'라고 휘장을 건 사람이 왔다. 소아청소년 병동으로 오신 지 8년째라고 하셨다.

"기억나. 안경 쓰고 가디건 입고 복도 돌아다녔던 청소년 환자. 주사 자국에 애들이 붙이는 스티커 붙여 주면 좋아했고, 웃음소리가 독특했지? 이런 도넛 좋아하고."

빙고.

시온과 나는 눈을 맞추며 고개를 끄덕였다.

"서울 병원으로 전원한 후에 한 번은 보호자가 들러서 잘 지낸다고 했었는데……."

나는 이영준의 보호자가 누구였는지 궁금했다. 그것은 하늘로 보내는 편지 사이트에 단 한 통의 편지를 제외하고 영영 쓰이지 않는 글에 대한 질문이었다.

"그 아이 형이 보호자였지 아마. 당시에 속초에서 군복무 중이었는데 간병하려면 군의 허락이 필요해서 입원 사실 서류 떼 가고 그랬어."

하지만 간병 휴가에 일수가 정해져 있어서 이영준은 혼자 있는 날이 훨씬 많았다고 했다. 나는 고개를 돌려 입원실 문에 난 창을 바라보았다. 간호사들은 혈압계나 주사기를 들고 복도를 오가면서 수시로 창 안을 본다. 가습기에서 나오는 분무의 양은 적절한지, 환자가 뒤척이다가 주사 줄이 꼬이지는 않았는지, 저녁 약은 먹었는지, 낙상이나 발작을 하는 환자는 없는지.

슬리퍼를 신고 가디건을 걸치고 복도를 배회하는 이영준이 그려졌다. 간호사 분들과 달콤한 간식을 나누어 먹고 주사 자국에 피카추 스티커가 붙으면 킥킥하고 웃었을.

"영준 형을 나무에 묻었다고 엄마에게 들었어요. 제주에 추모 공원이 여섯 군데 있던데 혹시 그중에서 형은 어디에 묻혀 있을지 힌트라도 얻을 수 있을까요."

아까보다 가라앉은 목소리로 시온이 물었다.

5년 전 다른 병원에서 생을 마감한 환자가 묻힌 장소를 이전 병원에 물어보는 건 무모해 보였다. 나는 시온에게 가자고 말할 참이었다.

"있어. 시간은 좀 걸리는데 기다릴 수 있니?"

윤쌤이 말했다.

"네."

내가 대답했다. 시온의 눈이 커졌다.

윤쌤이 전화를 걸러 간 사이, 나는 핸드폰으로 시간을 확인했다. 비행 시간까지 한 시간 반 정도가 남아 있었다. 병원에서 제주공항까지는 버스로 이십칠 분. 하지만 배차 간격이 한 시간이었다. 시온이 택시의 예상 시간을 검색해 보았다.

"이십오 분 컷."

나는 시온에게 알았다는 사인을 보냈다. 제주에서 김포

로 돌아가는 비행기 티켓을 바꿀 수 있는지 엄마에게 물어보기 위해 방해 금지 모드를 풀었다. 모든 연락에 대한 잠금이 풀림과 동시에 진동이 미친 듯이 울렸다. 학원에서 온 부재중 전화 한 통, 지아 이모에게서 온 문자 세 통, 엄마의 부재중 전화 네 통, 아빠에게서 문자 한 통과 부재중 전화 일곱 통이 들어와 있었다.

"망했다."

그리고 지금 막 새로 뜬 메시지가 울렸다. 제주 지역 기습 폭설로 인한 비행기 결항 소식이었다. 시온이 내 말을 듣고 흠칫하다가 자기 엄마에게서 걸려 온 전화를 받기 위해 자리를 피했다. 나는 포털 사이트에 들어가 기상 속보를 확인했다. '제주 전 지역에 갑작스러운 폭설⋯⋯ 공항에 승객들 발 묶여', '한랭과 온대 전선이 만나 대량의 눈 내려⋯⋯ 한라산 하산객 구조', '[속보] 제주 전역에 기습 폭설⋯⋯ 버스, 택시 마비'.

엄마에게 전화를 걸었다. 신호가 길었다. 애틀랜타는 새벽 네 시 반이었다. 하지만 아빠에게 전화를 하느니 엄마를 깨우는 편이 나을 것 같았다. 물론 할머니의 번호는 저장되어 있지도 않다. 핸드폰을 들고 병동 복도를 걸었다. 문에 달린 창문을 통해 병실 안에서 환자복을 입은 아이들이 옹기종기 모여 창밖의 눈을 구경하고 있는 모습이 보였다. 신호가 끊기고 음성 사서함으로 넘어갔다. 나는 아빠에게서 온 문자를 확인했다.

> 다 알고 있으니까 빨리 연락해

눈이 무섭게 내리는 중이었다.

뜬구름 같은 일

 똑같은 구름이 없듯이 똑같은 눈도 없다. 윌슨 벤틀리는 인류 최초로 눈 결정을 현미경으로 촬영하면서 그것을 깨달았다. 열다섯 살 생일 선물로 받은 현미경으로 그는 눈을 찍어 보았다. 얼음 알갱이에 지나지 않았던 눈은 확대할수록 모습이 변했다. 육각형의 결정은 기온과 습도가 낮을수록 고사리나 꽃 같은 식물의 형태로 보였다. 이후 그는 평생 동안 눈송이를 찾아 다녔다. 50년 동안 육천 종의 눈 결정을 사진으로 남긴 그가 말했다.

 눈 결정은 단 하나도 같은 모양이 없다.

 나는 귀에서 이어폰을 뺐다. 지아 이모에게서 활주로에 눈이 계속 쌓이고 있어서 야간 비행도 미지수라고 연락이 왔다. 공항이 포화 상태에다 밖에 나가는 게 더 위험하니까 여기 그대로 있으라고 했다. 이모가 연락을 준다고. 원래라면 돌아가는 비행기 안에 있어야 할 시간이었다. 자기 엄마와 통화를 마친 시온이 어깨를 늘어뜨린 채 의자에 앉았다.

"괜찮아?"

내가 물었다.

"괜찮아. 넌?"

"난 괜찮아."

사실은 아빠에게 전화를 걸 자신이 없어서 문자를 적었다.

> 학원 빠진 거 미안. 그럴 만한 사정이 있었어
> 집에 가서 말할게 배터리가 부족해서 통화 못 해
> 괜한 걱정은 하지 마 세상에서 제일 안전한 곳에 있으니

그렇게 써서 보내고 나니 아빠가 신고를 하거나 위치 추적을 할 것 같았다. 그래서 나는 엄마에게 다시 전화를

걸었다. 신호가 걸린 지 한참 만에 엄마가 전화를 받았고 모든 것을 설명했다. 엄마는 비행기가 못 뜨면 아무 도리도 없다는 사실을 잘 알고 있었다. 그래서 화를 내는 대신 내가 있는 곳의 위치와 연락처를 파악해 놓고 사진을 찍어서 보내라고 했다. 마지막은 정말 하기 싫었지만 엄마의 목소리가 힘들게 느껴져서 코트 소매로 얼굴을 가린 채 사진을 찍었다. '아빠한테도 보내. 엄마가 이해할 수 있으면 아빠도 이해할 수 있어'. 엄마에게서 이런 답변이 왔다. 둘은 완전 다른 사람인데 이럴 때만 꼭 한 팀이다. 나는 고민하다가 아빠에게 사진과 함께 메시지를 보냈다.

> 볼일 있어서 제주종합병원에 왔어 무사해
>
> 활주로에 눈 녹자마자 비행기 타고 갈게
>
> 1067편 이륙할 때 속도가 너무 빠르더라
> 나 에어버스 처음 타 보나?

메시지를 읽었다는 표시가 떴지만 아빠는 답장을 보내지 않았다. 초조함을 없애려고 팟캐스트를 틀었는데 문자가 도착했다. '네 마음대로 최하위 반으로 떨어지고. 네 마음대로 학원도 빠지고. 네 마음대로 제주로까지 가 놓고. 무사하다?' 문자로도 아빠의 분노가 느껴지는 듯했다. 나는 핸드폰을 뒤집어 버렸다. 팟캐스트 음향을 더욱 키웠다. 그때 한 통의 메시지가 더 울렸다.

> 어릴 때 타 봤어

그 기체가 출력이 가벼워서 그런 거라고, 말 돌리지 말고 핸드폰 충전 맡겼다가 전화하라고 했다.
"얘들아, 배고프지 않아?"
간호사 분들이 시온과 내가 앉아 있는 의자로 와서 도넛을 같이 먹자고 말했다. 우리 도넛 말고도 먹을 거 많아, 그 한마디에 나는 간호사들을 따라 탕비실로 갔다. 탕비실 테이블 위에 김치찌개와 햇반, 메추리알장조림과 멸치볶음 같은 반찬, 바나나와 키위도 있었다.
"제주에 눈이 작정하고 내리면 답이 없어. 얼른 앉아 먹어."

시온과 나는 병원 이름이 적힌 수저를 쥐고 전자레인지 속에서 햇반이 돌아가는 모습을 지켜보았다. 너 하루에 한 끼만 먹는다며. 시온에게만 들리도록 작게 말했다. 오늘은 너무 험난해. 시온이 힘없이 웃으며 대답했다. 햇반의 뚜껑을 벗기자 김이 피어올랐다. 우리는 동시에 후우 하고 바람을 불었다. 탕비실 라디오에서 대설 특보가 발효되었다는 뉴스가 흘러나왔다.

"공항을 포함한 해안 저지대에 10에서 20센티미터의 강설량이 예측됩니다. 오늘 밤 사이 40센티미터가 넘는 폭설이 예상되므로 도민 모두 안전한 실내에 머무르시길 바랍니다. 항공편은 모두 결항이거나 지연입니다. 풍속은 26.4노트로 매우 강한 눈보라가 휘몰아치고 있습니다."

풍속 26.4노트로 부는 바람의 양을 알기 위해서는 벡터가 필요하다. 벡터는 대수학에서 다룬다. 난 아직 거기까지 가지 못했다. 아빠 말대로 난 더 아래로 내려와 있다. 더 내려갈 곳도 없이, 내 마음대로 그렇게. 흰밥에 김치찌개 국물을 적셨다. 시온이 오물거리며 밥을 먹는 소리가 옆에서 들렸다.

"제주한울공원에 있어, 이영준 환자."

폭설로 각 추모 공원에 전화를 걸어 확인하는 일이 늦어졌다고, 수간호사 윤쌤이 말했다. 나는 시온과 함께 이영준이 좋아했던 캔커피를 뽑아서 윤쌤에게 건넸다. 우리가 할 수 있는 최선의 표시였다.

"형이 좋아했던 거예요."

"어…… 고맙다."

윤쌤은 캔커피를 손에 꼭 쥐고 잠시 생각하는 듯하더니 부모님들께 연락은 드렸는지를 물었다. 그렇다고 하자 그럼 나가지 말고 눈이 멎을 때까지 여기서 기다리라고 했다.

"나도 근무는 끝났는데 어차피 집에 못 갈 거 같아서 당직실 갈 거거든. 거기에 그동안 환자들에게서 받은 편지랑 선물이 있어. 어쩌면 이영준 환자 것도 있을지 몰라."

확답은 못하지만 윤쌤은 찾아보겠다고 했다. 나는 괜찮다고 말했다. 우리 엄마로 치면 장거리 비행이 이제 막 끝났는데 비행기에서 내려서도 뭔가를 해야 한다면 너무 힘들 것 같았기 때문이다.

"제주까지 왔는데 눈 때문에 가 보지도 못하는 게 내 마음이 불편해서 그래. 이영준 환자는 내 환자이기도 했으니까."

윤쌤은 마지막 말에 힘을 주고 말했다.

결국 시온과 나는 일 층 로비에 내려가서 윤쌤을 기다리기로 했다. 밤이 돼서 불이 꺼진 병원 로비에는 크리스마스트리만이 빛나고 있었다. 겨울 한라산처럼 하얀 트리였다.

"올 겨울에 트리 처음 본다."

시온이 크리스마스트리를 보며 말했다.

"그래? 병원에 안 갔었나 부네."

"응, 다행히."

우리는 하얀 트리 옆을 한 바퀴 돌았다. 은색, 검은색 오너먼트 옆에 커다랗고 투명한 구체가 걸려 있었다.

"넌? 눈 때문에?"

시온이 물었다. 병원에 자주 갔었냐는 말이었다. 시온은 종종 대화하는 법을 잊는다고 그랬다. 하지만 나는 시온의 말 사이 행간을 읽을 수 있었다. 편지 때문이었다.

"동생이 거기에 있어. 아직."

시온이 나를 쳐다보았다.

트리에 걸린 투명 구체 속에 썰매를 끌고 가는 산타 모형이 들어 있었다. 손가락으로 구체를 건드니까 그 안에서 눈발이 날렸다. 반짝거리고 자잘한 인공 눈송이들이었다.

"근데 동생은 못 만나고 맨날 트리만 보다 왔네."

나는 오너먼트에 비치는 내 모습을 보며 말했다. 왜 그랬냐고 묻지 말아 주길. 속으로는 이렇게 부탁했다.

"내가 그랬었는데."

시온이 패딩 주머니에서 손을 꺼내며 말했다.

"아빠가 날 보러 일 층까지 왔다가 올라오지 못하고 돌아갔다고, 그렇게 생각했어."

시온이 손가락으로 구체를 흔들었다. 투명 구체 속에 눈보라가 쳤다. 나는 시온의 옆얼굴을 바라보았다. 속눈썹이 아래를 향할 때마다 반짝거리는 결정이 떨어질 것만 같았다.

"기다렸어?"

"기다렸지."

시온은 망설이지 않고 대답했다.

가슴이 저렸다. 바깥 풍경이 창문의 반사 필름 때문에 검게 보였다. 병원 로비 창에는 트리를 중간에 두고 시온과 내 모습이 비쳤다.

나는 눈의 육각형 결정에 대해 말했다. 따뜻한 해류와 시베리아 기단이 만나면 우리가 눈구름이라 부르는 적운이 만들어지는 것에 대해서. 적운 속의 얼음 알갱이에 수증기가 달라붙으면 끝이 뾰족한 결정체가 된다고. 크리스마스트리에 달린 눈꽃 오너먼트처럼.

"꿈이 과학자야?"

시온이 물었다.

"되고 싶은 걸 물어보는 거야, 바라는 걸 물어보는 거야?"

난 아까 시온이 했던 말을 따라 했다. 시온이 웃었다. 난 하늘, 이라고 대답했다. 시온이 하늘?이라고 되물었다.

"내가 하고 싶은 건 하늘에 있어."

"오. 영준이 형 같다."

"뜬구름 같다고?"

"응."

우리는 로비 의자에 나란히 앉아서 이영준의 꿈이었던 에베레스트 등반 영상을 틀었다. 제목은 '하늘의 절대군주'였다. 화면 속에서 구름은 설산보다 아래에 있었다. 나는 유리창을 흘끔거렸다. 핸드폰 불빛에 나와 시온의 모습이 비쳤다.

지상에 선 우리는 구름 속을 볼 수 없다. 그러나 한기가 온기를 만나 눈 결정체를 내려 보내면 우리의 눈으로도 볼 수 있게 된다. 한때 구름이었던 것을.

"셰르파는 끝내 정상을 향해 루트를 개척해 냈다."

내레이션 소리가 로비에 울렸다. 영상을 다 보고 나자 밤이 되었다. 시온이 하품을 했다. 병원은 스물네 시간 난방이 돌아가서 따뜻했다. 잠을 쫓기 위해서 우리는 외투를 벗고 불 꺼진 병원 안을 걸었다. 접수대를 지나자 의자가 여럿 놓인 채혈실이 나왔다. 채혈실을 지나자 천장에 지하철 선로 같은 레일이 깔린 엑스레이 구역이 나왔다. 여기서 폐 사진을 찍으면 상자에 담겨 레일을 타고 흉부외과로 가. 시온이 말했다. 뇌 CT를 찍으면 신경외과로 가겠지? 내가 묻자 시온은 고개를 끄덕였다. 우리는 천장을 바라보다가 다시 복도를 걸었다. 좀 걷자 투명 유리로 된 창문이 나타났다. 밖이 보였다. 병원의 중정이 있는 곳이었다.

"눈 봐."

내가 말했다.

나와 시온은 창문에 붙어서 밖을 바라보았다. 하늘에서 함박눈이 빽빽하게 내리고 있었다. 눈송이 하나하나가 크고 무거워 보였다.

"대단하지?"

누군가 뒤에서 이렇게 말했다. 시온과 나는 동시에 뒤를 돌았다. 윤쌤이 스프링노트를 들고 서 있었다.

"보관함에 있더라."

윤쌤이 들고 있는 스프링노트에는 'young jun lee'라고 적혀 있었다.

"병원에는 편지지가 귀해서, 노트에 의료진 한 명 한 명에게 감사 인사를 써서 주고 갔어. 서울 병원으로 옮기기 전에."

시온이 편지를 보아도 되는지 물었다. 그러자 윤쌤은 편지를 복사해서 간호부 게시판에 붙여 둔 적도 있으니 괜찮을 거라고 말했다.

"난 이만 쉬러 갈게. 혹시 무슨 일 생기면 사 층 당직실 벨 누르고 윤쌤 호출이라고 말하면 돼. 야간 경비원이 상주 중이니까 별일은 없을 거야."

윤쌤은 허리 스트레칭을 하면서 사 층으로 가는 엘리베이터를 탔다. 나는 가방 속에 말차쿠키 한 상자가 들어 있었으면 좋았겠다고 생각하면서 안녕히 주무세요, 하고 인사했다. 엘리베이터 문이 닫힐 때 윤쌤이 피식 웃었다.

우리는 그나마 빛이 드는 자리를 골라 앉았다. 크리스마스트리 옆이었다. 나와 시온은 외투를 담요처럼 덮고 스프링노트를 펼쳤다. 왼쪽 페이지는 시온이, 오른쪽 페이지는 내가 잡았다. 멍이 남지 않게 링거를 달아 준 간호사에게, 알록달록한 팔찌를 만들어 준 병실의 어린이에게, 검사 받으러 간 사이에 베개에 떨어진 머리카락을 떼 준

옆 침대의 보호자에게도.

감사했다는 인사와 함께 조그맣게 그림을 그려 놓았다. 크림빵처럼 생긴 건 뭉게구름이었다. 몇 장을 더 넘기자 윤쌤에게 쓴 편지가 등장했다. 스프링노트에서 제일 긴 글이었다.

윤유나 수간호사님께

선생님을 처음 뵌 건 응급실에서였어요.
보호자 없이 혼자 교복을 입고 실려 온 제 옆에 있어 주셨죠.
제가 깨어나자 눈을 맞추고 이렇게 말하셨어요.
병원이에요. 무사해요.
전 잘 울지 않는데요, 그날은 그 말을 듣고 눈물이 쏟아졌어요.
다음 날 입원실로 옮기고 선생님께서 제 교복을 가지고 오셨죠.
피 범벅이었던 교복은 세탁이 되어 있었어요.
저는 지금도 그 얼룩을 보면 선생님 생각이 나요.

지난주에 선생님 남편 분의 부고 소식을 들었어요.
선생님을 뵈면 뭐라고 해야 할지 몇 번,
아니 몇 시간 동안 생각했어요.
힘내라고 할까? 기도한다고 할까? 같이 울까?
모든 게 조심스럽게 다가왔어요.
제가 퇴원하고 돌아갔을 때
학교 친구들이 왜 농담을 건네지 않는지
공을 던지며 받으라고 하지 않는지
맛있는 급식을 뺏어 먹거나 오름에 가자고 하지 않는지
이해할 수 있었어요.
그렇지만요 선생님,
저는 농담을 기다려요.
저에게 장난을 걸고 별명을 지어 주길 바라죠.
그래서 전 아이들이 좋아요.
서울의 병실에서 아이들을 만나면
제 별명이 뜬구름이었다고 말하겠어요.

> 교복에 남은 얼룩 때문에 어떡하냐고 선생님이 말하셨을 때
> 다른 교복에는 없는 무늬가 생겨서 오히려 좋다고 말한 건
> 저의 진심이었어요.
> 뜬구름 잡는 소리를 하네.
> 이렇게 울려 주셔서 감사했습니다.
> 선생님을 못 만나고 떠나지만
> 이 편지를 읽으실 때쯤에는 조금이라도 나아지셨기를
> 간절하게 바랄게요.
> 올겨울에 건강한 모습으로 다시 만나요.
>
> ─뜬구름이

 기분이 이상했다. 심장 수술을 받으러 가면서 아이언맨이 되는 거라는 이야기를 들었던 아이가 생각났다. 나는 고개를 돌려 시온을 바라보았다. 시온은 눈물을 참고 있었다.

 시온아. 나는 처음으로 소리를 내어 이름을 불렀다.

"화장실 좀."

시온이 크리스마스트리를 지나 복도를 향해 달렸다. 화장실보다 한참 위로 뛰어갔다. 나는 스프링노트를 손에 들고 일어섰다. 트리에 매달린 투명 구체끼리 부딪히는 소리가 쟁글쟁글 울렸다.

시온을 따라갔다. 어둠 속에서 그림자가 보였다. 비상등을 따라 시온이 들어간 곳은 비상계단이 있는 문이었다. 나는 문을 열까 말까 고민하다 문에 귀를 가까이 대 보았다. 아무 소리도 들리지 않았다. 한참 뒤에 시온의 숨소리가 들렸다.

"나 의자에 앉아 있을게."

나는 발자국 소리를 내면서 문으로부터 멀어졌다. 어깨 뒤로 나지막이 흐느끼는 소리가 들렸다. 로비로 돌아와 의자에 앉았다.

이영준의 글씨체는 싸라기가 날리는 것처럼 작고 동글동글했다. 쓰다 보니 한쪽으로 기울어진 문장도 있었다. 5년 전 윤쌤은 이 노트 속 편지를 보고 기분이 어땠을까. 병원이라는 장소를 떠나고 싶었던 순간은 없었을까. 짧은 만남이었지만, 윤쌤은 나와 시온을 위해서 시간을 내주고 이영준의 흔적을 찾아봐 주었다. 덕분에 내가 생각한 것에서 한 뼘 더 이영준을 향해서 나아갔다. 나는 스프링노트를 끝까지 넘겨 보았다. 편지 뒤로는 아무것도 적혀 있지 않았다. 그런데 맨 뒷장에 연필로 그린 그림이 한 점 있었다. 구름 아래로 나무가 서 있는 언덕이 스케치되어 있었다.

어디일까.

나는 자리에서 일어나 코트를 여미고 출입문으로 향했다. 손잡이를 쥐고 바깥을 향해 문을 밀었다. 그러자 눈이 바람과 함께 쏟아졌다. 얼굴에 닿은 눈송이는 제법 컸다. 머리카락이 바람에 날렸다. 눈을 뜰 수 없었다. 문을 닫고 출입문에서 떨어졌다. 코트에 묻은 눈을 떨어 내다가 문 앞에 누군가 두고 간 장우산이 보였다. 나는 장우산을 챙겨서 중정이 보이는 유리창 앞으로 갔다.

"이시온, 언제까지 거기 있을래?"

시온이 비상문으로 들어간 지도 꽤 시간이 흘렀다. 저기서 잠들면 죽을 수도 있겠다는 생각에 나는 시온의 패딩을 들고 문을 두드렸다. 인기척이 느껴졌다. 나는 중정으로 오라고 말하고 자리를 비켜 주었다.

잠시 후 문이 열리는 소리가 났다. 목도리에 스웨터를 입은 시온이 몸을 웅크린 채 걸어오고 있었다. 눈두덩이 부어 있는 시온에게 패딩을 건넸다.

"네가 원했던 눈사람."

핸드폰 불빛으로 유리 창문을 비추었다. 병원 중정에서 눈사람이 머리에 우산을 쓰고 있었다. 물병 뚜껑이 아닌 조약돌로 만든 눈과 나뭇가지 머리카락도 가지고 있었다. 키도 허리까지 올 만큼 큰 눈사람이었다.

"이렇게 눈이 펑펑 내리는데……."

시온이 우는 동안 우산을 쓰고 중정에서 만든 거였다. 시온이 눈에게 기대하는 것은 예상하지 못했던 순간에 만나는, 바로 이런 눈사람일 테니까. 시온은 눈사람에게서 눈을 떼지 못했다. 나는 눈사람을 만드느라 빨개진 손을 뒤로 감추었다.

"머리에 우산이 꽂혀 있는 눈사람은 처음 봐."

시온이 오컬트하다고 말했다. 기껏 만들어 줬더니. 우

산을 뽑으러 가려는데 시온이 내 코트를 붙잡았다. 부츠에 묻은 눈 때문에 바닥이 미끄러웠다. 몸이 휘청거렸다. 그 바람에 시온이 내 손목을 잡았다. 얼떨결이었다.

"아냐, 보기 좋아. 저대로 두자. 너도 안에 있고."

시온이 자판기로 달려가서 따끈따끈한 캔커피를 뽑아왔다. 이영준이 좋아한 캔커피였다.

"이거 너무 달아서 별론데?"

"나도 그래."

시온은 캔커피 뚜껑을 따 건넸다. 그래도 추울 땐 따뜻하고 단 게 최고잖아, 이렇게 말하면서.

"몇 시야?"

"새벽 한 시."

우리는 이런 말을 주고받으면서 눈사람 위에 눈이 내리는 모습을 지켜보았다. 대기는 잠들 생각이 없는 것처럼 멈추지 않는 눈을 내렸다.

너에게로 가는 가속도

눈을 떴다. 유리창 너머 우산에 파묻힌 눈사람이 보였다. 하늘이 옅푸르게 물들어 있었다.

드디어 눈이 그쳤다.

나는 고개를 들었다. 그러자 시온의 고개가 내 쪽으로 기울었다.

"어……."

나는 시온의 얼굴을 손바닥으로 받쳤다. 놀란 시온이 깼다. 나란히 눈사람을 감상하다가 우리도 모르는 새 잠이 든 것 같았다.

"눈, 눈 그쳤어."

나는 창밖을 가리키며 말했다.

"어어, 그러네."

시온이 의자에서 벌떡 일어나며 말했다. 시온의 아이보리색 패딩 어깨 위에 내 머리카락이 떨어져 있었다. 내가 화장실에 다녀오겠다고 하니 시온도 정수기에서 물을 마시고 오겠다고 했다. 나는 화장실에 들어가자마자 핸드폰을 확인했다. 새벽 다섯 시였다. 엄마랑 지아 이모에게서 부재중 전화가 들어와 있었다. 한 시간 전에 아빠에게서도 문자가 와 있었다. 눈발이 약해졌고 활주로 제설 작업 중이니까 아침 첫 비행기를 타고 오라는 메시지였다.

나는 엄마와 통화한 후 밖으로 나갔다. 시온이 경비 아저씨와 대화하고 있었다. 한울공원으로 갈 수 있는 방법을 물어보았다고 했다. 교통이 마비돼서 어플에서 알려 주는 경로로는 갈 수 없게 되었기 때문이었다.

"하나 있긴 한데."

나와 시온은 경비 아저씨가 알려 준 대로 병원 셔틀버스에 올라탔다. 의료진이 출근해야 환자를 받을 수 있으니까 어떤 일이 생겨도 출근 셔틀버스는 출발해야 한다고 했다. 도로에는 내 종아리까지 오는 눈이 쌓여 있었다. 도대체 버스가 어떻게 간단 말이야, 속으로 생각하는 순간 버스 높이쯤 되는 제설차가 등장했다.

"와."

나는 고개를 내밀고 제설 장면을 구경했다. 옆자리에 앉은 시온이 일어났다. 셔틀버스에 윤쌤이 올라탔다.

"너희들 간다면 간다고 말해야지, 당직실 앞에 노트만 두고 가면 다야?"

두꺼운 후드티 위에 코트를 입은 윤쌤이 우리 앞자리에 앉으며 말했다. 시온도 자리에 다시 앉았다. 우리는 방해가 될 것 같아서 그랬다고 우물우물 설명했다.

"알아 알아. 아쉬워서 한 소리였어. 나도 이거 타고 집에 가야 해. 너희들은 한울공원으로 가지?"

버스는 믿을 수 없이 느리게 움직였다. 제설이 된 길에서도 속도가 붙지 않았다. 나는 직감적으로 활주로의 눈을 치우는 게 더 오래 걸릴 것 같다는 생각이 들었다.

"너희 둘은 무슨 사이야?"

윤쌤이 물었다.

우리는 동시에 네?라고 소스라쳤다. 뭘 놀라고 그러냐

는 표정으로 윤쌤이 우리 둘을 돌아보았다.

"아, 저는 이영준에게 각막을 이식받은 사람이구요. 얘는 이영준하고 서울에서 한 병실을 썼던 동생이에요."

"네, 근데 제가 형한테 쓴 편지를 얘가 몰래 훔쳐보다가 들통나서 알게 된 거예요."

시온이 말했다.

내가 언제 몰래 훔쳐봐, 나는 시온 쪽으로 고개를 돌리고 작게 말했다. 그럼 아냐? 하는 시온에게 대놓고 본 거라고 당당하게 이야기했다.

"참 귀한 인연이네."

윤쌤은 덧없이 웃었다.

병원에서 한울공원까지는 삼십 분이 걸렸다. 내리기 전에 윤쌤이 스프링노트를 건넸다.

"편지는 분리했고 빈 노트야. 계속 당직실에 보관되어 있는 것보다는 너희들이 쓰는 게 낫겠다 싶어서. 영준이가 쓰던 거니까."

나는 노트를 받았다. 시온이 자기 가방에 노트를 넣어주었다. 버스가 멈췄다. 눈이 많이 와서 쉽지 않겠지만 돌문을 지나 언덕을 쭉 올라가면 이영준을 만날 수 있을 거라고 윤쌤이 말했다. 윤쌤은 생각난 듯이 말했다.

"혹시 다른 이식자들은 만나 봤니?"

한울누리공원이라는 글자가 조각된 반원 모양 돌문이 나왔다. 나는 옆에 선 시온을 바라보았다. 입김이 뿜어져 나오고 있었다. 하늘은 점점 투명한 물빛으로 변해 갔다. 여기부터 언덕이다, 시온이 말했다. 나는 눈 속에 오른발을 디뎠다. 발이 푹 빠졌다. 눈이 무릎 아래까지 왔다.

"쉽지 않은데."

나는 읊조렸다.

이영준에게 가는 길은 지난 5년처럼 더뎠다. 땅에서 발을 떼려면 누군가의 도움이 필요했다. 옆에 있는 시온의 팔을 잡을 수밖에 없었다. 내가 먼저 한 발자국 나아가면 그다음에는 시온이 따라왔다. 다시 한 걸음, 또 한 걸음. 그렇게 우리는 서로에게 의지해 언덕을 올라갔다. 언덕 양옆으로 비석이 세워진 평지가 펼쳐져 있었다. 비석에는 무연고자 묘지라고 새겨져 있었다. 들판과 산에 평평하게 묻는 게 제주의 풍습이래, 시온이 숨이 찬 목소리로 말했다. 봄이 되면 성묘를 하는데 그때는 찬 음식을 먹는대.

"왜?"

"⋯⋯그것까진."

못 알아봤다는 뜻이었다. 시온에게 이영준이 특별했던 이유는 무엇이었을까. 편지에 썼던 것처럼 동경해서? 알고 싶었지만 시온의 숨이 가빠지는 게 두려웠다. 언덕을 오른 지 이십 분 밖에 되지 않았지만 걸음을 멈추자고 말했다.

"넌 여기 있어. 나 혼자 다녀올게."

이영준은 나무에 있었다. 수목들은 언덕의 끝에 심겨 있었다. 흰 눈에 다리를 묻고 있던 시온이 숨을 골랐다. 내가 아파서 그래? 시온이 뾰족한 투로 말했다.

순간 이영준이 쓴 편지가 생각났다. '오름에 가자고 하지 않는지'. 나는 마음을 고치고 말했다.

"아니? 너 또 배고프다고 할까 봐."

"그럼 국수 사 먹으면 되지."

아까 윤쌤이 헤어지기 전에 제주에서는 장례 날 국수를

대접한다고 했다. 그래, 그러자. 시온에게 손을 내밀었다. 시온이 내 손을 잡고 눈을 헤쳤다.

중2때 배운 일차함수 그래프의 기울기 기억해? x 방향으로 얼마큼 나아갔을 때 y 방향으로는 얼마나 오르는지 구해 보잖아. 근데 직선으로 오르는 경우에 어떤 방식으로도 기울기값이 똑같다는 사실이 나는 충격적이었어. 그건 마치 비행기가 순항 고도로 진입할 때 기울어지는 게 하늘과 수평이 되기 위해서라는 사실과 비슷하게 다가왔어. 아빠가 그랬거든, 한 번 수평을 맞춘 후에는 쭉 직진만 하면 된다고. 중간에 구름이나 번개를 만날 수 있지만 그때는 조종간의 중심을 잘 잡으면 기체는 덜 흔들린다고 했어. 사람들은 흔들리는 것을 굉장히 무서워하지만 중심을 잡으려면 흔들림은 필연적이래.

나는 시온이 말하는 것을 줄이기 위해 일방적으로 지루한 이야기들을 쏟아 냈다. 경사가 가팔랐지만 시온의 숨소리는 점점 안정되어 갔다. 겨울 하늘이 구름으로 뒤덮이면 눈이 내리는 일처럼? 시온이 물었다. 이영준이 필연적인 것에 대해서 들려주었다고 했다. 응 맞아, 눈도 그렇지. 나는 땀이 나서 습기로 가득 찬 왼쪽 눈의 안대를 떼 버리며 대답했다. 왼쪽 눈 표면이 매끄러웠다. 실눈을 떠 보았다. 눈이 부셨다.

"눈, 괜찮아?"

나는 어느 날부터 왼쪽 눈을 뜨면 섬광이 들기 시작한 것에 대해 말했다. 눈은 전염성이 강해서 염증이 다른 쪽 으로 전이되는 것을 막기 위해 안대를 붙였는데, 갑자기 오른쪽 눈에 눈송이 같은 반점이 나타났다고도.

"눈송이라."

"처음엔 흐릿했는데 점점 크고 선명해지더라. 그때마다 시야가 불투명했고. 며칠 전에는 반짝거리기까지 했어. 근 데 너를 만나고 나서 증상이 사라졌어."

시온이 걸음을 멈췄다.

"너 때문이라기보다는, 내 인생에 수수께끼 같았던 '엑 스', 그러니까…… 이영준하고 가까워지면서 그런 건가 봐."

내 말, 듣고 있는 거야? 하며 나는 시온이 응시하는 곳 을 따라가 보았다. 언덕의 끝에는 묘목들이 자잘하게 서 있었다. 고인을 묻은 지 2, 3년 된 어린 나무들이었다. 나무들의 정점에 키가 크고 마른 흰 나무 한 그루가 우리를 내려다보고 있었다. 시온은 홀린 듯이 그 나무에게 다가갔다. 나는 시온의 발자국에 내 발자국을 포개며 나무에게로 갔다. 나무의 기둥에 목비가 끈으로 묶여 있었다. 시온이 목비에 쌓인 눈을 손으로 치웠다.

이영준
2002년 6월 16일 – 2020년 12월 25일
이곳에 오르다

흰 나무는 우리를 내려다보고 있었다. 나는 나무와 눈을 마주쳤다. 가지는 눈이 내린 방향으로 팔을 뻗고 있었다. 수정 같은 서리들이 나무에 붙어 육각형의 눈꽃처럼 보였다.

"후우."

나는 숨을 고르고 나무의 한 가지로 손을 뻗었다. 그러나 다리를 누르고 있던 눈의 무게 때문에 중심을 잡지 못하고 휘청거렸다. 나무가 흔들렸다. 나무에 붙어 있던 서리들이 우수수 떨어지면서 여름 안개처럼 반짝반짝 빛났다.

그중 단 하나의 반짝임이 내 눈 속에 들어왔다. 오른쪽 눈이었다. 나는 눈을 꽉 감았다. 그리고 다시 눈을 떴다.

"대체 뭐야 넌."

그 아이는 나를 떠나지 않았다.

나는 언 손으로 눈을 비볐다. 쓰라렸다. 할퀴고 분노해도 눈 속의 구체는 내 안을 유유히 떠다닌다. 영원히 그럴 것처럼.

"넌 뭐냐고."

내 목소리가 한울공원의 언덕으로 되돌아왔다. 눈을 두들기는 나를 시온이 말렸다. 왜 그래, 하지 마.

꿈속에서 나는 분명히 설산에 가려고 했다. 가지 못하게 막은 것은 x였다. 그다음 꿈에서 내가 설원에서 헤맬 때 앞으로 나아가게 해 준 것도 x였다. 그는 나를 보내 주고 거꾸로 걸어갔다. 마지막 꿈에서 x는 투명하고 커다란 구체가 되었다. 구체는 나를 집어삼키고 스스로를 삼켰다. 참을 수 없었다. 허기가, 호기심이, 실패가.

"유리야."

시온이 나를 부르는 목소리가 아빠를 떠오르게 했다.

그렇게 부르지 마. 따뜻한 소리를 해 줄 기운도 없이 지친 아빠가 생각났다. 하천에서 담배를 태우고, 다 식은 음식을 먹는 아빠를 피해 최선을 다해 도망쳐 온 곳이 x의 곁이었다. 결국 내 안이었다.

"시온아, 눈을 뜰 수가 없어."

그동안 나를 따라다닌 눈송이의 정체는 섬뜩할 정도로 눈부셨다.

4부

스파클

찬란

"지."

시온이 생수 뚜껑을 열고 손에 쥐어 주었다. 챙겨 온 약과 함께 물을 들이켰다. 김포로 가는 1105편의 탑승 안내가 흘러나왔다. 눈 위에 얼음을 대고 있다가 떼었다.

눈을 뜨고 처음 본 것은 시온의 어두운 표정이었다. 시온은 아무 말도 하지 않았다. 비행기에 탑승할 때에도, 지아 이모가 별 탈 없어서 다행이라고 말을 걸 때에도 고개만 끄덕일 뿐이었다.

"좌석은 1열 A, B입니다."

시온이 창가에, 나는 복도 쪽으로 배정받았다. 항공기 도어와 연결되어 있는 조종석 바로 뒷자리였다. 기장의

방송이 나왔다. 기체에 쌓인 눈을 녹이는 아이싱 작업으로 인해 이륙 시간이 늦어지게 된 점을 사과하면서 순항 고도에 접어들면 승무원들이 음료 서비스를 제공하겠다고 했다.

방송이 끝나자 지아 이모는 앞으로 나와 비상 착륙 시 우리가 해야 하는 행동을 선보였다. 벽에 걸린 모니터에서 비행기가 바다에 착륙하면 펼쳐지는 노란 미끄럼틀 영상이 나왔다. 미끄럼틀을 탈 때는 신발과 짐을 버리고 가슴에 두 손을 모은 채 다리를 뻗어야 한다. 기내에는 전날 제주에 내린 폭설이 얼마나 거대했는지, 한라산에서 내려오는 길이 얼마나 험했는지 따위의 이야기들로 소란했다. 나는 안전 영상을 끝까지 다 보았다.

안전벨트 착용 표시등에 불이 들어왔다. 비행기가 이륙 준비를 했다. 기체 내벽에 진동이 울렸다. 갈 때는 떨어져 앉아서 몰랐는데, 시온은 눈을 감고 숨을 몰아쉬고 있었다. 괜찮은지 물었더니 시온이 고개를 저었다.

"제일 좋아하는 맛이 뭐야?"

내가 물었다. 시온은 눈을 감은 채 말했다.

"귤 맛."

"제일 싫어하는 냄새는?"

"탄 냄새."

그건 나랑 같네,라고 대답하는데 기체가 덜컹거렸다. 시온은 겁 먹은 얼굴이었다. 나는 계속 말을 붙였다. 시온의 대답 속도가 점점 느려졌다.

"머릿속으로 그려 봐. 네가 왜 이영준을 좋아했는지, 그런 거."

나는 시온의 떨리는 손을 가만히 바라보다가 마주 잡았다. 마음속으로 카운트다운을 셌다. 셋, 둘, 하나. 비행기가 이륙했다. 최대의 속력으로. 날개가 비스듬하게 기울었다.

"갑자기?"

"그래야 네가 두려움을 잊어버릴 것 같아서."

시온이 심호흡을 하고 말했다.

"형은 나를 수없이 구했어. 지금처럼."

시온은 실눈을 떴다. 그사이 비행기는 대류권과 같은 고도를 이루었다.

비행기는 순항 중이었다. 우리는 둘 다 손을 가만 두지 못하고 벨트를 풀었다 잠갔다 외투를 벗었다 덮었다 했다. 다행히 지아 이모가 우리 자리로 와서 음료 서비스를 시작했다.

"커피, 콜라와 사이다, 제주감귤주스가 있습니다. 뭐 드시겠습니까, 손님?"

시온이 감귤주스를 주문했다. 나는 비행기에서 마시는 콜라를 가장 좋아한다. 기내의 압력 때문에 탄산이 풍성하고 부드러워지기 때문이었다.

"저도 감귤주스로 주세요."

비행기가 그려진 종이컵에 담긴 샛노란 감귤주스를 받았다. 우리가 먹은 돈가스의 소스 같은 냄새가 풍겼다. 스낵도 두 봉지 받았는데, 오늘 탑승한 사람 중에서 나이가 가장 어리기 때문이라고 했다.

시온이 창문의 덮개를 올렸다. 대류권 상공 속에 바닷물 같은 하늘이 펼쳐져 있었다. 바로 이곳에서 구름이 만들어진다. 구름의 입자는 눈으로 볼 수 없지만 빛은 무수한 입자가 모인 곳으로 달려가 산란한다. 그러니까 우리가 하늘이나 구름, 눈이나 바다를 볼 수 있는 것은 빛의 도움이다.

"사무장입니다. 잠시 들어가도 되겠습니까?"

나는 스낵 봉지를 뜯다가 멈추었다. 지아 이모가 조종실 문 앞에 서 있었다. 잠시 후 조종실에서 사인이 들어오자 지아 이모가 커피를 들고 들어갔다.

"뭐 하는 건데?"

나는 쉿, 하고 시온의 말을 가로막았다.

기체가 하늘을 가로지르며 만들어 내는 소음이 일시에 귀를 열었다. 조종석에 앉은 파일럿들의 뒷모습이 보였다. 조종 장치에 녹색 불이 들어와 있었다. 장치 위로 커다란 마름모꼴 창문이 있었다. 엄청난 양의 빛이 안으로 쏟아졌다. 그것은 해무리였다. 얼음 결정이 햇살에 휘어지면서 태양에게는 띠가 생긴다. 유리에 굴절된 해무리는 비행기 전체에 빛을 퍼뜨렸다. 그 뜨거움에 눈을 감았다.

조종석에서 들리는 소음, 철컥 문이 닫히는 소리가 나를 5년 전으로 데리고 간다.

"동생 잘 보라."

"누나! 요리 안 해 봤잖아! 하지 마! 하지 말라고!"

"저리 안 비켜? 너 때문에 타잖아!"

"맨날 나 때문이래, 누나는······."

"다 너 때문 맞지, 왜 태어나서."

설탕병이 깨지고 유리 파편이 사방으로 튀었다. 내가 소리 지른다. 영이 구토를 한다. 할머니가 손수건으로 입을 막고 들어와 내게 찬물을 뿌린다. *일어나라! 내래 돌아오갔다 기다리매!* 나는 정확히 듣지 못하고, 할머니는 영을 안고 나간다. 구조대원이 창문을 깨고 들어온다. *산소! 산소!* 나는 구급차에 타면서 시야가 흐려지는 것을 느낀다. 사람들이 모여 있다. *어 저기······.* 빌라 뒤에 할머니가 쓰러져 있다. 품에 영을 안은 채. 나는 눈을 감는다. 구조대원들의 목소리가 높아졌다. 사람들이 온통 나를 보고 절망한다. *살려 주세요.*

"봤어?"

시온이 팔꿈치로 내 몸을 살짝 흔들었다. 나는 정신을 차렸다. 조종실 문이 닫혀 있었다.

"어?"

"엄청 찬란했어."

나는 잠시 꿈을 꾼 게 아니라는 걸 알아차렸다. 알고 있었지만 잊어버렸던 것에 대해서. 할머니가 나를 버리고 간 게 아니라는 사실을.

눈을 만드는 입자는 기내를 떠도는 먼지보다 더 작다.

x를 구하다

12월 20일

제목: 수빙

미술 시간에 선생님이 보여 준 겨울 산수화에는

선과 여백뿐이었어

형이 있는 곳이 그랬어

나무는 선이었고

여백을 더욱 빛나게 하고 있더라

누가 그러는데

세상에 똑같은 결정은 없대

그 얘기가

누구나 형과 같은 결정을 할 수는 없다는 소리로 들려

공원에서 눈물이 맺혔어

그런데 돌아가는 비행기 안에서

말도 안 되게 눈부신 빛 덩어리를 보고

마음이 부풀어 오르더라

형도 이걸 봤던 걸까

형의 꿈이 커다랗던 이유가 이거였을지도 몰라

비행기 창문에서 내내 눈을 떼지 못했겠지

형

나에게도 꿈이 생길 것 같아

서울에 한파가 찾아왔다. 한강이 얼고 지상철의 선로는 운행이 중지됐다. 기상학자들은 온난화로 히말라야의 만년설이 녹고 있다고 말했다. 설산이 녹아서 카트만두 고원에 홍수가 범람하고 한국의 강수량과 강설량 증가에도 영향을 미치고 있다는 것이다. 한파 특보가 발령된 오후, 엄마가 탄 비행기는 제트 기류를 피해 북극으로 항로를 변경해서 서울에 도착했다. 오로라 현상을 봤냐는 질문에 엄마는 일하느라 보지 못했다고 말했다. 비행 중에 그런 장면을 볼 수 있는 건 승객과 기장뿐이라고.

"생명공학과로 우회 진학하는 방법도 있습니다."

돌아오자마자 엄마는 나를 데리고 학원 상담실로 갔다. 이제부터 아빠가 내 학업을 관리하지 않겠다고 선언해서였다. 아빠와 나는 며칠 동안 말 한마디 섞지 않았다.

날짜 변경선을 지나온 엄마는 굉장히 졸린 얼굴이었다.

"어때?"

나는 상담실 창문 너머를 봤다. 회색 운저가 하늘을 뒤덮고 있었다. 엄마가 나를 따라서 시선을 돌렸다. 입시 컨설턴트의 고개도 함께 움직였다. 컨설턴트는 10년 전엔 안 이랬는데 지금은 매일 눈이 오는 것 같다고 했다.

"우리는 앞으로 더욱 힘들어질 거야."

나는 창문을 보며 이야기했다.

"계속 이렇게 산다면."

나는 엄마에게 의사가 되고 싶지 않다고 말했다. 원하지 않는 경쟁에 뛰어드는 것도 싫고, 목적지를 모른 채 무

조건 달려가는 것도 싫다고 했다.

도착하지 않은 미래를 상담하는 이 시간에도 영은 생사의 갈림길에서 버티고 있다.

"보러 가야 해."

나는 3월 모의고사보다 더 중요한 일이 생겼음을 기어이 깨달았다. 상담실을 문을 박차고 나왔다.

"바보."

나는 동생을 이렇게 부르곤 했다. 초등학교에 갈 때까지 팬티 입는 걸 깜빡한다든가 신발을 거꾸로 신었기 때문이다. 마시멜로는 구름으로 만들었다고 하는 엄마를 정말 믿었고, 아빠가 우주 비행사라고 말하고 다녔다. 내가 『비행기는 어떻게 하늘을 날까?』 같은 책을 읽어 주면 「짱구는 못 말려」를 들고 소리를 높이는 아이였다. 그래도 내가 아프면 자다가 깨서 손으로 이마를 짚어 보기도 했고 미술 시간에 만든 왕관을 나한테 씌워 주는 동생이었다. 엄마를 닮아서 어딜 가나 예쁘다는 소리를 듣는 영에게 질투가 나기도 했지만 그럼에도 영을 사랑하는 마음이 더 컸다.

이거였구나. 나는 6606호의 문을 열고 영에게 가까이 다가갔다. 영의 오른쪽 눈가에 난 점이 제일 먼저 보였다. 사진에서는 검은색이었는데 실제로 보니 갈색이었다. 자세히 보면 양쪽 색깔이 다른 내 눈 같았다. 꿈속의 구체와 내 눈 속의 눈송이가 떠올랐다. 둘은 원래 하나였는데 서로 먼저 크기 위해 갈라졌다. 하나는 내 눈 속에서. 하나는 네 눈의 바깥에서.

"이걸 우리의 표시라고 하자."

나는 영에게 말했다. 쌕쌕하는 숨소리가 들렸다. 듣고 있다고, 깨어나면 누나보다 큰 사람이 되어 있을 거라고 답하는 것 같았다. 분홍색 털모자 아래로 눈썹이 연하고 촘촘하게 선을 그리고 있었다. 나는 엄마가 산타처럼 북극을 건너왔다고 말해 주었다. 영의 속눈썹이 한들 움직였다. 나는 영의 손에 내 손을 겹쳤다. 추위를 헤매다 올 것을 알았는지 영의 손은 데워져 있었다.

"눈을 처음 본 날 기억해?"

영은 입을 벌리고 하늘에서 내려오는 눈을 먹었다. 나는 바보라고 놀리면서도 그 모습을 따라 했다. 우습고 즐

겁고 가슴이 따뜻했다. 우리는 분명 행복했었다.

"앞으로도 그럴 수 있다."

나는 결심처럼 이야기했다.

병실 밖에서 노크 소리가 들렸다. 아빠가 알 수 없는 눈빛으로 우리를 지켜보고 있었다.

❄

호흡기 환자로 북적이는 병원을 빠져나가다가 앞사람과 부딪혔다.

"죄송합니다."

고개를 들어 보니 베이지색 코트를 입은 시온이 서 있었다.

"어, 너?"

남색 니트 모자를 쓴 시온은 나를 보고 놀란 표정을 지었다. 이 상황이 낯설지 않았다. 나는 학원에서 나오다가 부딪혔던 사람이 시온이었다는 것을 깨달았다.

"정기 검사 받으러 왔어. 넌?"

시온은 모자를 벗으며 말했다. 정전기가 일어서 갈색 머리카락이 너울거렸다. 내 손이 움찔거렸다. 나는 동생을 보러 왔다고 말했다. 그러자 시온이 내 옆으로 다가와 섰다.

"산책할래?"

우리는 병원의 정원을 걸었다.

제주에 다녀온 날, 잘 들어갔냐고 시온이 물었다. 나는 자고 일어나니까 저녁이었다고 대답했다. 시온이 웃었다. 자기도 그랬다고.

"윤쌤 말이 생각나서 게시판에 글을 올려 봤어."

시온이 장기조직기증원에 쓴 글의 제목은 '5년 전 크리스마스 날 장기 이식을 받은 분에게'였다. 시온은 수혜자의 신상이나 정보를 묻지 않고, 그저 크리스마스에 H대학병원 앞 하천을 지나는 사람이 있다면 이영준을 위해 하늘을 올려다봐 줄 수 있는지 물었다.

"형에게 병실 밖 풍경이 얼마나 소중했는지, 형이 얼마나 하늘을 꿈꿨는지……. 그런 걸 적었어."

기사에는 나오지 않았던 이영준의 이야기를 전하며 부탁했다고 한다. 그런데 게시글을 사람들이 보기나 할지 미지수라고.

"사람들이 어떻게 생각할지보다 네가 어떻게 생각하는지가 중요하지."

나는 제주에서 시온이 했던 말을 돌려줬다. 그럴듯했다고 생각하는데 시온이 또 입꼬리를 올리며 웃었다.

"난 이제 x 값보다 그것을 구하려는 마음이 먼저라는 생각이 들었거든. x의 경우를 생각해 보고, x와 거리를 좁혀 보고, x로 기울어 보는 거."

시온은 나를 말릴 수 없다는 듯 고개를 흔들었다. 반응이 왜 이래. 나는 바닥에 뿌려 놓은 염화칼슘 알갱이를 비볐다. 서걱서걱했다.

"주기율표에는 X가 없다는 거 알아?"

집자기 시온이 수기율표 이야기를 했다.

"내 이름에는 있다, Xion."

정원 쪽을 보고 있던 시온이 내 쪽으로 몸을 틀며 이야기했다. 나는 미지수로 다가왔던 모든 일에 시온을 넣어 보았다.

시온을 구하다.

시온의 경우, 시온과의 거리를 좁힌다, 시온으로 기운다.

그러자 마음의 기류가 상승했다. 나는 고개를 젖히고 하늘을 향해 입을 벌렸다. 차가운 공기가 구강에 닿았다. 나를 누르고 있던 숙제의 무게가 겨울과 함께 정제되는 것 같았다. 눈을 감았다.

뭐 하는 거냐고 묻는 시온에게 눈을 뜨고 대답했다.

"눈이 오면 이런 장난을 치던 애가 있었거든."

하늘에서 보내는 편지

크리스마스 선물처럼 한파 특보가 해제됐다. 나는 시온과 함께 하천으로 갔다. 하천으로 내려가는 놀이터 그네 위에 눈사람이 앉아 있었다. 우리는 눈사람을 보자마자 시선을 마주했다. 등받이 없는 벤치에도 녹지 않은 눈들이 쌓여 있었다. 나는 장갑 한 짝을 시온에게 건넸다. 머뭇거리던 시온이 왼손에 장갑을 꼈다. 우리는 산책로 바깥에 쌓인 눈을 굴려서 같이 눈사람을 만들었다. 가게에서 사 온 고깔도 씌우고 부직포로 된 옷을 입혔다. 시온은 우리 눈사람이 장난감 병정 같다고 했다. 영에게 보여 줘야지. 나는 핸드폰으로 눈사람을 찍었다. 우리는 벤치 위의 눈을 치우고 빨간색과 초록색이 섞인 체크무늬 담요를 깔고 앉았다.

"진짜 사람들이 올까?"

내 물음에 시온이 자기도 모르겠다고 했다. 우리는 시온의 이모가 챙겨 준 유자차를 보온통 뚜껑에 담아 마셨다. 쓰고 단 유자의 냄새가 입김을 타고 언저리에 퍼졌다. 제주 유자야? 하고 물으니까 아마 그럴 거라고 답했다. 시온은 제주에 가 본 게 자기 인생에서 가장 멀리 가 본 경험이라고 했다.

"넌?"

나도 많지는 않았다. 엄마랑 아빠의 비행 스케줄을 맞추는 일이 생각보다 어렵고, 동생과 나의 사고 이후로는 아예 떠나 보지 못했다. 각기 다른 이유지만 우리는 집에서 멀어질 기회가 없었다.

"어땠어, 가 보니까?"

"음, 그게 전부였어."

제주에 다녀왔다. 내 인생에서 가장 멀리 가 본 거구나, 라는 느낌이 전부였다고 시온은 말했다.

"그리고 또 가고 싶다, 또 한번 멀리 떠나 보고 싶다, 이런 생각이 들었어."

나는 시온의 옆모습을 바라보았다. 뚜껑에 담긴 차의 뜨거운 김이 곡선을 그리며 상승했다.

"또 가자. 제주도든 카트만두든."

시온이 싱겁게 웃었다. 빈말이 아니었다. 시온과 이영준의 꿈에 대해 들었을 때, 나는 꿈으로부터 한 발자국 나아갈 수 있었다. 다른 사람의 꿈을 이루어 주기 위해 그곳으로 안전하게 데려다주는 사람이 되고 싶다는 것. 그게 어디든. 북극 항로든 캄차카 항로든, 인도양의 아열대와 중동의 사막을 건너서 꿈으로 데리고 가고 싶다.

시온이 하늘을 봤다. 눈이 샅샅이 앉은 침엽수 가지가 우리 쪽으로 휘었다. 고개를 들었다. 벤치 뒤쪽으로 듬성듬성 자라 있는 나무들은 겨우내 비스듬하게 선 모양이 되었다. 유자차의 온도가 미지근해질 때쯤, 우리 앞으로 누군가 도착했다. 올록볼록한 흰색 패딩 부츠를 신은 초등학생 여자아이였다. 아이와 함께 온 부모가 말을 걸었다.

"게시판에 글쓴이 맞나요?"

방울이 달린 모자를 쓴 아이가 우리를 보면서 부츠 앞

코를 바닥에 비비적거렸다. 아이는 네 살이었던 5년 전 크리스마스에 왼쪽 신장을 이식받았다고 했다. 2년이 넘는 대기 끝에 혈액형과 조직이 가장 적합한 기증자를 찾았다고. 나는 아이한테 손을 흔들며 안녕, 하고 인사했다. 아이가 내 눈을 빤히 쳐다보았다. 나는 약시가 있어서 안대를 붙이고 있는 거라고 안심시켰다.

"기증받은 눈은 오른쪽이에요."

"풉."

내 말에 아이가 이렇게 웃었다.

놀란 어른들이 쳐다보자 아이는 내 손을 보고 말했다.

"장갑이 짝짝이래요."

나는 짝짝이 아니라고, 한 짝은 시온에게 있다고 가리켰다가 곧장 후회했다. 우리 둘이 커플이냐고 물었기 때문이다. 요즘 아이들 무섭다, 우리는 안 저랬는데……. 시온과 몰래 귓속말을 나눴다.

이영준이 이식 수술을 시작했던 시간과 가까워지자 한두 명의 사람들이 벤치로 더 왔다. 이영준과 상관은 없었지만 익명의 기증자로부터 이식을 받은 사람들이 시온이 올린 게시글을 보고 찾아와 봤다고 했다.

"오늘 하늘이 맑네요."

어떤 사람이 말했다.

시온이 카메라를 들고 벤치에서 일어나자 빈자리에 아이가 방울을 달랑거리며 와 앉았다. 나는 아이에게 같이 하늘을 보자고 말했다. 왜? 아이가 물었다. 기증자가 하늘 보는 걸 좋아했거든. 왜? 나는 작은 목소리로 왜인 것 같은지 되물었다. 아이는 이렇게 대답했다.

"엉뚱해서?"

웃음이 났다. 나는 아이의 모자 위에 달린 방울을 만졌다. 아이는 참지 못하고 벤치 아래 쌓인 눈을 헤집었다. 손에 눈가루를 묻힌 아이가 나보고 언니의 꿈은 뭐냐고 물었다.

열일곱 살을 앞두고 드디어 피할 수 없는 질문을 마주했다.

"하늘을 나는 사람."

눈송이 없는 하늘은 호수의 수면 같았다.

❄

 하늘에서는 하늘의 바람이 분다. x 위치에서 출발한 바람의 입자는 속도를 받아서 같은 고도로 흐른다. 그때 바람의 자세는 평행이다. 초등학교 6학년 과학 시간에는 등고선에 대해 배운다.

 "누나 지겨워!"

 나는 『항공 기상학』 책을 덮고 노려봤다.

 "누나 왜 띠꺼워?"

 "엄마."

 영이는 그런 말 안 써. 나는 단호하게 말했다. 침대 맞은편에 앉아 영의 발을 닦는 엄마가 아랫입술을 내밀었다. H대학병원에서의 마지막 밤이다. 병동의 간호사와 담당 의사가 차례대로 영을 보고 갔다. 아빠는 오지 않았다. 영이 입소할 2차 병원의 서류를 준비하느라 바쁘기 때문이었다. 그동안 엄마가 회사에 휴가를 내고 간병을 도맡았다.

 "너 정말 그거 하게?"

 엄마가 내 책을 보고 물었다. 엄만 능숙하게 장갑을 끼고 영의 발톱을 깎았다. 내가 기장이 되는 게 싫으냐고 했다. 집안에 비행기 타는 사람 둘이면 충분하다는 말로 엄마는 의사를 전달했다.

"아빠는 뭐래?"

좋아하던데. 이렇게 말하자 엄마는 동작을 멈추었다.

나는 아빠에게 파일럿이 되겠다고 말했다. 아빠는 뭐가 된다고? 하고 되물었다. 아빠가 나를 보잉기에 태웠을 때부터 조종사가 되고 싶었다고. 비행을 상상하면 심장이 뜨거워지고 머리는 차가워지는 기분이라고. 아빠는 좋아하는 일에는 열정이 생기고 잘할 수 있는 일에는 냉정함이 생긴다고 했다. 둘 중 하나만 해도 프로가 될 수 있다. 그런데 좋아하는 일과 잘하는 일이 일치하게 되면 그 분야 최고가 된다고 어릴 때 말해 주었다.

"그걸 기억하고 있었어?"

아빠가 몰았던 보잉777의 퇴역식도 보았다고 하자 아빠는 말이 없었다. 눈은 어떡할 건데. 딱 한 마디였다.

안과 선생님은 수술한 부위에는 문제가 없다고 했다. 문제는 수면 부족과 스트레스, 면역력이 저하된 거라고. 내

일 영을 이송하고 오면 나도 안대를 벗을 수 있을 것이다.

엄마와 교대로 밥을 먹기 위해 병실에서 일 층으로 내려갔다. 크리스마스가 끝났지만 병원 로비에는 아직 트리가 있었다. 로비를 걸어가는데 시온에게서 연락이 왔다. 영의 이송 시간을 묻는 메시지에 내일 아침이라고 답했고 시온은 뭐라고 할지 고민하는 것 같았다. '와 줄래?' 내가 보냈다. 시온에게서 곧바로 답장이 왔다. '좋지'.

"앞에 보고 다니라."

핸드폰을 보며 걷다가 다른 사람과 부딪혔다. 할머니였다. 할머니의 지팡이가 바닥에 쓰러졌다. 로비를 지키는 직원이 지팡이를 주워 주며 나에게 조심하라고 일렀다. 그러자 할머니는 그 직원을 보고 말했다.

"내 손녀래."

검정색 코트를 입은 할머니는 모노그램 패턴이 있는 토트백을 들고 있었다.

"밥은 먹었니."

나는 할머니와 병원 안에 있는 식당으로 갔다. 식사 시간이 지난 푸드코트는 한산했다. 항암 치료를 받으러 온

사람들과 간병인이 테두리에 앉아 밥을 먹고 있었다. 나는 눈으로 메뉴를 훑었다. 흰죽, 호박죽, 우거지해장국, 순두부찌개, 해물된장찌개, 자장면, 옛날돈가스. 그중에서 해물된장찌개를 택했다.

"고거보다 이거이 낫다."

할머니가 지팡이로 순두부찌개 그림을 가리켰다. 푸드코트에 사는 사람처럼 모든 메뉴를 꿰고 있었다. 나는 순두부찌개는 엄마와 자주 먹어서 별로 끌리지 않는다고 말하고 된장 대신 자장면을 주문했다.

"유진인 잘 있니."

할머니는 내 맞은편에 앉았다. 눈길을 둘 곳이 없었다. 그냥 할머니가 쥔 토트백을 바라봤다. 낡아서 갈색 주름이 접혀 있는 가방 위로 멍이 든 할머니의 손등이 보였다.

"죽기 전에 한이 있어."

아빠와 엄마가 다시 합치는 게 큰 소원이라고 했다. 한. 내가 아는 뜻과 다르게 쓰이는 것 같았다.

휠체어를 탄 사람이 다 먹은 식기를 무릎 위에 올려놓고 바퀴를 끌었다. 그때마다 식기끼리 부딪히는 소리가 났다.

"둘이 안 맞잖아요."

할머니는 마른침을 삼켰다. 토트백 안에서 손수건을 꺼내 인중과 입가를 닦았다. 나는 컵에 물을 따랐다.

"시절이라 그래."

할머니는 말했다. 사람에게는 시절이 온다. 붙어 사는 시절과 떨어져 사는 시절. 아빠와 엄마는 전자의 시절을 지나 지금은 후자의 시절인 거다.

나는 컵을 할머니 쪽으로 슬쩍 밀었다.

"할머니."

내가 주문한 자장면이 완성됐다는 벨이 울렸다. 나는 할머니에게 기다려 달라고 했다. 하지만 할머니는 밥은 혼자 먹으라며 자리에서 일어났다.

"어디 가세요?"

"상관 말라."

나는 할머니의 옷깃을 잡았다. 손등은 왜 그러세요. 어디 아프신가요. 미안해요, 할머니를 싫어해서.

나는 아무 말도 하지 못했다. 할머니가 내 오른쪽 눈을 뚫어져라 쳐다보았다.

"죽다 살아났지 않간? 네 마음대로 살라."

할머니가 코트를 여몄다.

나는 할머니를 놓아 드렸다. 지팡이 짚는 소리가 푸드 코트 바닥을 정확한 간격으로 울렸다.

오기가 났다. 원하는 대로 살 것이다.

스파클

"혈압도 안정적이고 호흡도 좋고, 체온은 36.5도입니다."

바이탈 체크를 마친 의료진이 이송 준비가 되었다고 알렸다. 엄마가 감사하다고 인사했다. 원무과에 다녀온 아빠가 이송 차량에는 보호자 한 명만 탈 수 있다고 했다.

"여기서 한 시간 거리니까 너무 걱정하지 말고. 도착해서 영이 사진 찍어 보낼게."

인공호흡기가 실렸기 때문에 의사와 응급구조사가 아빠와 함께 동행한다. 엄마가 영의 머리를 빗어 넘기며 속삭이더니 글썽거렸다. 분홍색 털모자를 영이 머리에 씌웠다.

"눈송이 대신."

나는 영의 손에 솔방울을 쥐어 주었다. 벤치에 함께 앉아 있었던 아이가 눈 속에서 찾아 준 거였다. 겨울 숲 체험 교실에서 새가 부리로 솔방울을 가지고 노는 걸 보았다고.

영의 손을 담요로 덮어 주었다. 이송 차량에 장비들이 실렸다. 영은 바퀴 달린 침대를 타고 차가 있는 곳까지 이동했다. 차량에서 사다리가 내려오고 영이 누워 있는 침대가 실렸다. 솔방울을 쥐어 준 부분이 볼록 튀어나와 있었다. 담요가 물결처럼 움직였다.

"6606호 배영 환자, 이송합니다."

이송 차량의 문이 닫혔다. 나는 방금 전 영의 손이 움직인 것 같다고 엄마에게 말했다. 엄마는 자신의 눈에도 가끔 그렇게 보인다고 했다.

"기적을 기다리니까."

포기하지 않았다. 엄마는 엄마대로, 아빠는 아빠대로, 나는 나대로. 영도 그럴 것이다.

엄마가 내 어깨에 팔을 두르고 걸었다. 시온이 왕훈훈하더라. 엄마가 자기 친구 얘기하듯이 말했다. 나는 요즘 누가 그런 표현을 쓰냐고 따졌다. 또 엄마는 영의 목소리로 말했다.

"누나 그 형 좋아하지?"

안과 외래를 보고 나오자 일 층에서 시온이 기다리고 있었다. 나는 거울을 봤다. 안대를 오래 하고 있었던 탓에 눈이 짝짝이가 됐다. 나는 왼쪽 눈꺼풀에 힘을 주려고 노력했다. 엄마가 한 말 때문에 괜히 신경이 쓰였다. 시온은 제주에 갈 때처럼 아이보리색 패딩에 가방을 메고 있었다. 나는 시온아, 하고 불렀다.

"네 눈, 처음 본다."

시온이 나를 보았다.

눈은 신체 기관 중에서 가장 완벽한 구체다. 눈의 뒤편을 망막이라 하고 구체의 중앙은 유리체라고 부른다. 그 앞을 수정체가 투명하게 감싸고 홍채는 우리가 볼 수 있는 모든 색을 인지하게 해 준다. 각막의 자리는 눈의 맨 앞이다. 빛은 0.5밀리미터밖에 되지 않는 얇은 막을 통해 들어온다. 각막은 눈의 창문이다. x의 창은 금이 가거나 깨어진 적 없었다. 창은 나의 일부가 됐다.

"어때?"

내가 눈을 크게 뜨자 시온이 고개를 돌리고 웃었다. 눈이 그치고 갠 하늘처럼 투명하고 맑은 웃음이었다.

❄

1월 1일

제목: 열일곱 살이 됐다

새해가 밝았어

나는 그림을 배우기 시작했어

내가 처음으로 그린 그림은 원이야

어렸을 때 자기 전이면 엄마가 수학 이야기를 들려줬거든

빛과 물의 입자도 원이고 나무의 나이테도 원이지

모든 일의 시작을 '원점'이라고 부르는 이유도 그렇대

난 언젠가 눈부신 원을 그리고 싶어

비행기 안에서 내가 본 원을

형

누가 그러는데

비행기가 착륙할 때 땅과 비행기 사이의 기울기는 삼 도래

그 정도면 서해의 해구보다 낮은 경사라고

어딘가에 도착한다는 건

무척 낮은 자세로 속도를 조절했을 때 가능하다는 거야

그 아이가 하는 말은 대부분 뜬구름 잡는 것 같아

하지만 돌아서 생각했을 때

어딘가로 기울어지는 건

수평을 맞추기 위한 노력이라는 걸 알았어

이런 발견을 형은 참 좋아했을 거야

나는 알 수 있어

고등학교에 가서 내 편지가 줄어도 걱정하지 마

잊지 않고 말하러 올게

잘 지내고 있어, 형

두고 온 노트를 찾으러 학원에 갔다. 최하위반 강의실 안에는 세 명만이 수업을 듣고 있었다. 내 뒤에서 강사에 대해 숙덕거렸던 애들이었다. 그 애들은 딴짓을 하다가도

문제를 풀 땐 묵묵하게 문제에 집중했다. 강사의 말처럼 결국, 그 세계에 맞는 사람만 남은 것 같았다. 강사는 못 보던 안경을 쓰고 차콜색 가디건을 입고 있었다. 나는 원의 기울기를 설명하던 강사와 눈이 마주쳤다.

"배유리 학생."

강사는 복도로 나왔다.

나는 늦었지만 죄송하다고 말했다. 거짓말하고 수업 도중에 나간 점, 보충 수업에 말도 없이 빠진 점, 결정적으로 선생님을 무시했던 점.

"사정이 있었을 거라고 생각한다. 그건 무거울 것이고."

강사가 말했다.

"선생님, 의대 집중반만 맡으시나요? 저, 일반 고등수학을 선생님한테 배우고 싶은데."

나는 용기를 내서 말했다.

"나는 오늘이 마지막 수업이다."

그는 학원을 그만두게 되었다고 말했다. 나는 왜 그만두는지, 강의실 안에 있는 애들도 아는지 궁금했지만 질문하지 못했다. 각자의 사정은 무거운 법이니까.

강사는 더 궁금한 것이 있냐고 물어보았다. 난 없다고 했다.

"유리 학생, 찾아와 줘서 고맙다."

강사는 엘리베이터가 도착할 때까지 기다려 줬다.

"감사합니다."

문이 닫히는 순간에야 그의 얼굴을 제대로 볼 수 있었다. 시간이 지나면 잊어버릴 것 같은 흐릿한 인상이었다.

나는 엘리베이터 안에 붙은 겨울 방학 의대 집중반의 포스터를 훑었다. 강사들의 이력이 붙어 있었다. 나온 대학, 만든 교재, 강의 횟수와 내신 적중률, 그리고…… 이름이 있었다. 이영민. 이미지에 걸맞은 흔한 이름이었지만 어딘지 마음에 걸렸다. 머릿속에 그의 모습을 떠올렸다. 검은 머리카락과 안경, 자주 입던 니트의 질감이 그려졌다.

다시 학원으로 올라가는 버튼을 누르려고 할 때 핸드폰이 울렸다. 밖에서 엄마 아빠가 나를 기다리고 있었다.

"영이는 어쩌고?"

엄마는 할머니가 가 있다고 말했다. 직접 전화를 걸어 오셨다고.

"병원에서 혈액 검사를 하셨더라고……."

할머니는 사후에 기증이 가능한 조직이 있을지 알아보았다고 한다. 그 소식을 들은 아빠와 엄마는 오늘 아침에 할머니와 함께 영이 있는 요양 병원에 다녀왔다. 메뉴판 옆의 은색 주전자에서 연기가 피어올랐다.

"볶음밥 하나랑 쌀국수 두 그릇 주세요."

세 명이 식당에 앉아 있는 장면이 어색했다. 아무나 무슨 말이라도 더 하면 좋겠는데 사장님이 주문을 받으러 올 때까지 한 마디도 나누지 않았다.

"나 스프링롤도 먹고 싶은데."

나는 급식 메뉴 중에서 야채와 당면을 넣어 튀긴 스프링롤을 좋아한다. 칠리소스에 찍어 먹으면 특히 맛있다. 엄마가 작은 목소리로 '내가 많이 먹는다고 했잖아 유리'라고 아빠에게 말했다.

"다 들려."

엄마는 뜨거운 보이차를 따라서 내게 건넸다.

"너 키가 몇이나 돼."

"백육십칠, 쩜 오."

나는 소수점 뒷자리를 올려서 말했다. 엄마가 자기보다 크다고 좋아했다. 스프링롤이 먼저 나왔다. 나는 나무젓가락으로 튀김을 집어서 칠리소스에 찍어 먹었다. 튀김 소에서 후추 맛이 났다. 짜고 바삭했다. 아빠는 내가 먹는 걸 지켜보다 말했다.

"이시온? 어떤 애야."

"나랑 같이 제주도 간 애."

아빠가 나무젓가락을 불끈 쥐었다.

"왕맛있어."

나는 높낮이 없이 말했다. 엄마는 내 말을 따라 하며 스프링롤을 집었다. 아빠 혼자 심각한 얼굴이었다.

아빠는 말했다. 돌아간다고.

"어디를?"

아빠가 손가락으로 저 위를 가리켰다.

쉬는 날, 제복을 다리는 아빠 모습이 떠올랐다. 칼 같은 각도의 깃 옆으로 금색 줄 네 개가 어깨에 붙어 있는, 활짝 펼쳐진 금빛 날개 아래 Captain B 라고 새겨져 있었던 제복을.

아빠는 비행을 오래 쉬었기 때문에 비행장에 나가 다시 훈련 받고 테스트를 거치려면 잠시 집을 떠나 있어야 한다고 말했다.

"그동안 영이는 간병인이랑 할머니가 봐주실 거다."

나는 먹던 걸 내려놓고 그럼 나는 혼자 자취해야 하냐고 물었다.

"엄마는 왜 뺀대?"

엄마가 집에 돌아올 거라고 했다. 윤기가 흐르는 볶음밥이 나왔다. 부딪혀도 깨지지 않을 식기에 담겨서. 나는 숟가락을 들고 엄마 그릇에 볶음밥을 한껏 담아 주었다. 엄마는 밥을 좋아하니까.

"너 진짜 구름 속으로 들어가 보고 싶어?"

내 쪽으로 몸을 기울인 아빠가 물었다. 구름 속으로 들어가면 어떤지 아냐고.

무수한 물방울, 얼음 결정, 수증기, 입자의 응집으로 만들어진 구름 속에는 공기가 이동하고 있다. 구름에 따라

평온하기도 매우 거칠기도 하다. 거친 구름을 만나면 비행기의 표면이 얼어붙는 착빙 현상이 일어날 수도 있다는 것을 안다. 하지만.

"죽다 살아나잖아. 나 터프해."

아빠가 은근하게 웃었다.

식사를 마치고 셋이서 결빙된 길을 걸었다. 넘어지지 않기 위해 서로의 팔과 손을 붙잡아야 했다. 자꾸 뒤로 기우는 몸 때문에 우스워진 채, 우리는 미끄러지며 앞으로 나아갔다.

❄

"다 썼어?"

시온이 물었다. 나는 그렇다고 대답했다. 우리는 고등학교 1학년이 됐다. 국어 시간 첫 과제로 짧은 소설의 도입부를 쓰고 있었다. 선생님은 이루고 싶은 이야기를 써보라고 하셨다.

나는 노트를 덮고 영의 이마에 앉은 빛 먼지를 입으로

펼쳐진 금빛 날개 아래 Captain B 라고 새겨져 있었던 제복을.

아빠는 비행을 오래 쉬었기 때문에 비행장에 나가 다시 훈련 받고 테스트를 거치려면 잠시 집을 떠나 있어야 한다고 말했다.

"그동안 영이는 간병인이랑 할머니가 봐주실 거다."

나는 먹던 걸 내려놓고 그럼 나는 혼자 자취해야 하냐고 물었다.

"엄마는 왜 빼대?"

엄마가 집에 돌아올 거라고 했다. 윤기가 흐르는 볶음밥이 나왔다. 부딪혀도 깨지지 않을 식기에 담겨서. 나는 숟가락을 들고 엄마 그릇에 볶음밥을 한껏 담아 주었다. 엄마는 밥을 좋아하니까.

"너 진짜 구름 속으로 들어가 보고 싶어?"

내 쪽으로 몸을 기울인 아빠가 물었다. 구름 속으로 들어가면 어떤지 아냐고.

무수한 물방울, 얼음 결정, 수증기, 입자의 응집으로 만들어진 구름 속에는 공기가 이동하고 있다. 구름에 따라

평온하기도 매우 거칠기도 하다. 거친 구름을 만나면 비행기의 표면이 얼어붙는 착빙 현상이 일어날 수도 있다는 것을 안다. 하지만.

"죽다 살아나잖아. 나 터프해."

아빠가 은근하게 웃었다.

식사를 마치고 셋이서 결빙된 길을 걸었다. 넘어지지 않기 위해 서로의 팔과 손을 붙잡아야 했다. 자꾸 뒤로 기우는 몸 때문에 우스워진 채, 우리는 미끄러지며 앞으로 나아갔다.

❄

"다 썼어?"

시온이 물었다. 나는 그렇다고 대답했다. 우리는 고등학교 1학년이 됐다. 국어 시간 첫 과제로 짧은 소설의 도입부를 쓰고 있었다. 선생님은 이루고 싶은 이야기를 써 보라고 하셨다.

나는 노트를 덮고 영의 이마에 앉은 빛 먼지를 입으로

불었다. 산소 주입기에서 공기 빠져나가는 소리가 들렸다. 소파에 앉은 시온이 귤을 깠다. 시고 단 냄새가 병실에 퍼졌다. 영의 코가 꿈틀거렸다. 나는 영에게 하늘을 보여주기 위해 커튼을 걷었다. 구름이 느리게 움직이고 있었다. 하늘을 서행하던 구름이 둘로 갈라졌다. 백색 햇빛이 구름의 틈새로 내려왔다.

나는 창밖을 보며 말했다.

"소설은 미래 시점으로 시작해, 이렇게."

❄

승객 여러분 안녕하십니까. 기장 배유리입니다. 오늘은 제게 특별한 비행이 되겠습니다. 이 비행기에는 사고로 식물인간이 되었다가 십오 년만에 깨어난 제 동생이 타고 있습니다. 만 오천 분의 일 확률을 뚫은 제 동생에게 살아줘서 고맙다는 인사를 전하며, 비행기에 탑승하신 모든 승객 분들이 여행지에서 기적 같은 일을 만나게 되시기를 바랍니다. 우리 비행기는 인천국제공항을 출발하여 카트만두로 가는 비행기입니다. 계절풍을 통과할 때는 기체가 다소 흔들릴 수도 있습니다. 그때는 기장을 믿고 자리에 계셔 주시길 부탁드립니다. 저는 목적지까지 승객 분들을 안전하게 모시도록 최선을 다하겠습니다.

"관제, K667편 인천에서 이륙했고 현재 고도 1,500피트를 통과 중입니다. 이상."

송신음이 들린다.

"K667편 레이더 확인됐습니다. 10,000피트까지 상승 유지하고 웨이포인트* 알파로 진행하세요. 아, 그리고 구름을 조심하세요."

"구름을 피하지 못하면 어떡합니까."

송신.

대기.

"같이 진입하겠습니다. 저는 캡틴의 눈이니까요."

관제사가 된 시온이 나와 함께 비행을 한다.

• **웨이포인트** 위도와 경도로 이루어진 좌표. 알파는 코드명이다.

일곱 시간 뒤 네팔 상공에 도달하면 성층권까지 솟은 적란운이 나를 기다리고 있다. 조종간을 잡고 그 속으로 들어간다. 관제의 송신이 끊어졌다 들리고, 조종실 창문 밖은 연기로 자욱하다. 연기는 기체를 흔든다. 나는 조종간을 꽉 쥔다. 비행기가 속력을 내며 구름을 뚫고 나간다. 구름이 흩어지면서 눈의 형상을 갖춘다. 다른 눈들보다 느리게 형상을 갖춘 눈송이 하나가 조종실 창문 앞을 서성거린다. 자신을 알리려는 것처럼 그 눈송이는 가까이 다가온다. 저절로 눈이 감긴다.

또다시 눈에 이상이 오는 걸까. 그때 관제에서 통신이 들어온다. 나는 다시 눈을 뜬다. 조종실 창문에 푸른 하늘이 나타난다. 눈송이가 바람에 실려 떠나간다. 이제 그것은 설산의 정상으로 내려가 몸을 펼치고, 크게 누워 쏟아지는 다른 눈들을 맞는다. 구름온 세상이 자신의 일부로 켜켜이 쌓여 가는 것을 보다가, 통과하는 내게 인사를 건넨다. 찬란하게.

작가의 말

　작년 4월 19일 내 일기장에는 이렇게 적혀 있다. "어제는 '애도에서 희망으로' 창비 세미나에 다녀왔다. 이 세계에 애도와 희망이라는 단어를 직접 쓰면서 시간과 공을 들이는 분들이 계셔서 '다음'이 있다는 믿음 같은 게 생겼다."

　어릴 때 내 꿈은 작가였다. 부모님과 떨어져 친척 집에 살았을 때 나는 사촌들을 피해 도서관에 가장 먼저 입장해서 늦게 돌아가는 초등학생이었다. 사다리를 타고 올라가야만 닿을 수 있는 책장 맨 위 칸에는 도서관에서 제일 인기 없고 오래된 책들이 진열되어 있었다. 무슨 말인지, 인물 이름은 왜 이렇게 긴지, 이해할 수 없었지만 그 어려운 문장들과 높다란 책장은 폭풍우에서 나를 지켜 주는 것 같았다. 자라는 동안 내겐 책과 시간만이 가득했다.

시간이 흘러 아이들을 가르치는 일을 할 때, 원인 불명의 간 쇼크로 병원에 실려 간 나는 의사로부터 '간 이식을 받아야 할지도 모른다'는 답변을 들었다. 이식 대기자 명단에 들기 전 회복을 했지만 그 기간 동안 나를 붙잡은 것은 익명의 기증자를 향한 질문이었다. 내가 이식을 받는다면 그는 어떤 사람일까? 어떤 상황에 놓여 있었던 것일까? 나에게 행운인 일이 누군가에게는 불운이었다는 것. 그날부터 나는 행운과 거리를 뒀다.

삶이 내 준 숙제에 마음을 빼앗겼다는 것을 눈치 챈 것일까. 평소에 말을 잘 하지 않던 아이가 문득 "선생님, 퇴근길에 들어 보세요. 노을이 질 때 잘 어울리는 노래예요."라면서 음악을 추천해 주었다. 꽉 막힌 퇴근 길 도로를 뚫고 나가 한산해졌을 때 음악을 틀었는데 갑자기 시야가 눈부셨다. 천천히 눈을 감았다 떠 보니 구름 사이로 저녁 해가 모습을 드러내고 있었다. 찬란했다. 아이가 추천해 준 곡은 래드윔프스의 「Sparkle」이었다. 행운을 눈으로 마주한 것만 같았다. 스파클로 글을 쓰겠노라고 아이에게 약속했다.

  내게 영감을 준 아이, '눈보라'에게 고맙다는 인사를 전한다. 나의 삶에 다음 장을 열어 준 심사위원 선생님들과 창비 청소년출판부, 찬찬한 구본슬 편집자님께도 감사드린다. 글의 시작에서부터 끝까지 독려해 준 수연과 가족에게도 사랑을 놓는다.

  책이 완성되는 동안 잊지 못할 일이 있었다. 항공기 참사에서 희생되신 분의 핸드폰에 마지막으로 저장된 사진을 본 일이다. 비행기 창밖을 찍은 그 사진 속에는 이른 아침의 태양이 찬란하게 빛나고 있었다. 그 눈부심에 잠시 눈을 감기도 했지만, 이 먹먹한 눈꺼풀을 다시 들어 올리고 세계에 손 내미는 작가가 되겠다. 내가 받았던 믿음처럼 누군가를 다음으로 안내하는 글을 쓸 것이다.『스파클』을 만나게 될 모든 분들의 뜨거운 순간을 그리며.

최현진